JN072578

悪役令嬢は王子の本性(溺愛)を知らない 2

霜月せつ

ビーズログ文庫

イラスト／御子柴リョウ

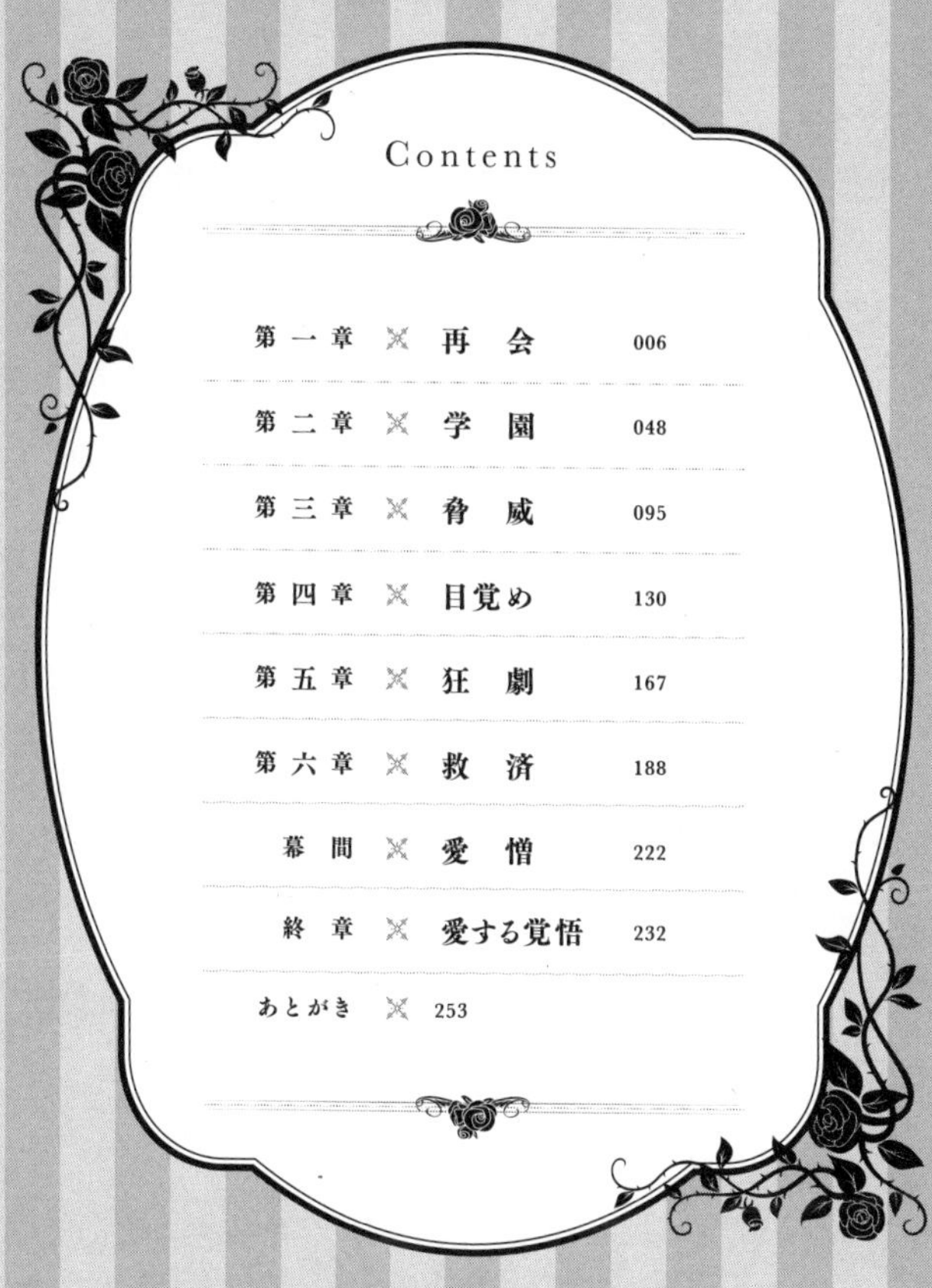

Contents

ディラン・ヴェルメリオ
第二王子で学園内では生徒会長を務める。
婚約者のベルティーアへの独占欲がスゴイ！
ベルティーア・タイバス
乙女ゲーム、通称「キミ奏（かな）」に登場する悪役令嬢。ヒロインが現れるまで王子の孤独を癒そうとしただけがいつの間にか……!?

Character

シエノワール・マルキャス

美しいものが大好きなお騒がせキャラ。ベルの義弟・ウィルの初恋相手。

シュヴァルツ・リーツィオ

ディランの従者。ディランへの忠誠心が異常。

アスワド・クリルヴェル

乙女ゲームの攻略対象者。ヒロインの幼馴染の騎士ポジション。

アリア・プラータ

乙女ゲーム「君と奏でる交声曲(カンタータ)」のヒロイン。その正体は……!?

ミラ・シャトレーゼ

公爵家長女。ディランの兄である王太子ギルヴァルトの婚約者。

ラプラス・ブアメード

魔法研究者。ディランの秘密を知っているようで!?

第一章　再会

「ついに来てしまった……」

鏡の前で思わず呟き、どんよりと気分を下げた。緊張で眠れなかったせいか、目の下にはうっすらと隈ができている。

時は流れてあっという間に一年。いよいよ、私が聖ポリヒュムニア学園に入学する日——ゲームが始まる時が来た。

早い。早すぎる。

王子が入学したことさえつい最近のことのように感じるくらいなのに。

ベルティーア・タイバスとして生を受ける前、私はごくごく普通の日本人女性だった。転生してから十五年も経ってしまった今となっては、前世など遠い昔のことのようだが。

そう、私はこの国の第二王子——ディラン・ヴェルメリオ様とのお見合いの場で、前世の記憶を思い出したのだ。

日本で生きていたこと、家族のこと、悪友のこと……この世界と私自身のことを。

なんと私は、前世で失恋の慰めとしてプレイしていた乙女ゲーム『君と奏でる交声曲』の悪役令嬢――ベルティーア・タイバスに転生してしまっていたのだ。

気付いた当時は相当ショックを受けたものだが、婚約者となった王子の方が、私の何倍も不憫な境遇に置かれていた。王宮で独りぼっちにさせられた十歳の男の子。諦念を浮かべながら微笑む少年を放っておけるわけがなかった。

紆余曲折あったものの、彼の一番の親友ポジションを確立し、彼が孤独に苛まれないよう尽力したつもりだ。

ゲームが始まり、ヒロインが現れれば私の役目は終わる。できれば友人その一として最高に素敵な結婚式に呼んでくれたら嬉しい。

王子の孤独を癒す仮初の婚約者は、もう必要ない。……はずなのだが、あの日――王子が学園に入学する前に我が家を訪れた日。彼は言った。

『俺にはこれから一生ベルだけだよ。俺は、ベルが俺を好きになってくれるなら何だってする』

いやいや、まさかね？　と私が思ってしまうくらいには真剣な表情だった。

全寮制の学園だけに、入学して以来ほとんど王子と顔を合わせてはいないが、あの時の熱烈な言葉を思い出しては、身悶えてしまう。

彼の言葉は本気なのか、それとも単なる婚約者への社交辞令なのか。変に意識してしまっては、自己嫌悪を繰り返す。たとえそれが本気だったとしても、期間限定の婚約者の私はどう答えを出すべきなのか分からない。

そもそも、彼はヒロインと結ばれるはずだ。そうでなくてはならない。ヒロインと共にいることこそが、彼の一番の幸せなのだから。

こんな中途半端な気持ちのまま王子に会ってもいいものか……。王子のことばかり考えていたせいで、久しぶりに会うことがなんだか気まずいような気もしてきた。

「学園に入学したら楽しいことをしよう」と言っていたが、王子の言う楽しいことって一体……？

「お嬢様、お着替えの時間です」

後ろから突然声をかけられてビクッと肩を竦める。能面のような無表情で侍女——ルティがゆっくりと首を傾げた。

「驚かせてしまい申し訳ありません。声をかけてもお気付きにならないものですから」

「そうだったの。ごめんなさい」

侍女のルティは相変わらず淡々と、綺麗な礼をする。

私は顔を洗われ、髪を結われ、制服を着せられた。これに袖を通すのは、採寸の時以来だ。

「はぁ……」

「どうかされましたか？」

私の小さなため息をルティが拾って、心配そうな声色で話しかけてくれた。

「憂鬱なのよ。少しだけね」

「まぁ、学園生活は楽しみではないのですか？　確かにベルティーア様は婚約者のいらっしゃる身。あまり社交界に出られず、お知り合いも少ないこととは思いますが……」

「そうなの。殿下がご一緒ではないとパーティーの招待も受けられないのよ。お父様とお母様とウィルは行くのに」

面倒だわ、と言いそうになったのをグッと堪える。ルティといえど、侍女に愚痴を吐くなど淑女としてはもちろん、貴族としても厳禁である。

「ベルティーア様のご苦労はお察しいたします。しかし、お嬢様は今まで立派に学業をこなしておられました。自信を持ってくださいませ」

ルティは話している間にこりとも笑わなかったが、その言葉だけでも私の心は軽くなった。

そうだ。私だってこの一年間、遊んでいたわけじゃない。

「そうよね。怖じ気づいてなんかいられないわ」

どんなシナリオが待っていようとも、私は私のやりたいようにするだけだ。

まるで夢の国に来たかのようだ。

学園を見てまず初めに思ったのはそんな感想だった。王城を見た時も、某夢の国のお城みたいだと思ったが、この学園の建物も負けていない。宮殿と言っても過言ではない煌びやかな校舎は、何百年も前に建てられたとは思えないほど美しかった。

入学式が行われる予定のホールも体育館のようなものを想像していたが、その予想は大きく外れた。コンサートホールと大聖堂を融合した内装に度肝を抜かれる。

古い建物だから、もっと質素なものだとばかり思っていたのに。

指定された席に案内され、大人しく座った。こんな上質な椅子に座れるだなんて、オーケストラの演奏を聴きに来た客みたいだ。

リラックスするように深く腰掛け、下品にならない程度に視線を左右に動かす。

ヒロインはいないのかしら。確か、ゲームでは前列の方だったはずだけれど。

キラキラとした学園に戸惑いと期待を募らせる可愛らしい少女。桃色の髪などそうそういないのですぐに見つけられると思ったが……すぐにホールは薄暗くなってしまった。

煌々と照らされる壇上の壁に掲げられているのは、この学園の校章。何とはなしにそれを眺めていた私は、聞こえてきた案内に姿勢を正した。

「学園長不在のため、代わりまして生徒会長が挨拶いたします。第百八十三代目生徒会長、ディラン・ヴェルメリオ」

「きゃあああああ！」

耳をつんざくような黄色い歓声は、どうやら在校生の方から上がっているようだった。

質の良さそうな腕章を着けた王子が、明かりに照らされる中、堂々と歩いてくる。

演壇に立ち、にっこりと優しく微笑む顔を見た瞬間、私の心中は驚きと困惑が入り乱れ、制服に身を包んだ王子の姿を呆然と見上げた。

まさか生徒会長になっているなど、微塵も思っていなかったのだ。

彼はどちらかと言うと、人が苦手で積極的に前に出ようとするタイプじゃない。あんな目立つ役職、「面倒くさい」と笑って断りそうなのに、この一年で一体どんな心境の変化があったというのだろう。

彼は乙女ゲームの攻略対象者だし、なによりこの国の第二王子だ。設定としては生徒会長になっていても不思議ではないのだけれど。

学園で過ごした一年間で、彼はこうも変わってしまったというのか。

――変わって〝しまった〟？　王子が社交的になり、学園の中心となって頑張っているのは良いことなのに……？

私は、何をそんなに拗ねているの。

自問自答するように胸に手を当てて考えてみるが、答えは出ない。

目の前で脚光を浴びた王子は、完璧な仕草で礼をする。

今まできゃあきゃあ煩かった生徒がピタリと息を潜めて彼のすべてに意識を集中させた。

「新入生の皆様、ご入学おめでとうございます。在校生を代表して歓迎の意を表したいと思います」

すらすらと挨拶を述べる王子は、まるで別人のようにキラキラしていた。前世のたとえで言う、画面の向こう側の人を見ているみたいだ。私でさえそう思うのだから、初めて王子を間近で見た人などそのオーラに驚愕したに違いない。

にこやかに挨拶をする王子をひたすら見つめていたら、不意に目が合った。

あら？　と思った時には王子はもう違う場所を見ている。

気のせい……かな。

目が合ったなら微笑むくらいしてほしかったな、なんて、口が裂けても言えやしない。

入学式はつつがなく執り行われた。結局、ヒロインどころか、前世の私の最推しだったアスワド様すら見つけられなかった。

アスワド様は、王子以外で私が唯一知っている攻略対象者だ。優しく誠実で、ヒロインを最初から最後まで兄のように支え、見守り、一途に愛してくれる素晴らしい男性。『君と奏でる交声曲』では、ヒロインの幼馴染兼見習い騎士として現れる。

かつての私は、それはもう彼に傾倒した。本当に、アスワド様以外には興味を引かれなかった。私にゲームを紹介してくれた悪友の推しが王子だったから、王子の存在は知っていたけれど、シナリオに関してはアスワド様ルートしか知らない。

そうだ、王子がヒロインとの恋を成就させたあかつきには、私もこの世界を好き勝手に謳歌してみようか。……例えば、アスワド様と仲良くなるとか。

アスワド様の性格からして、赤の他人である私に対しても絶対に優しく接してくれるはずだ。それはもう、初心な少女を酷なほど無自覚に甘やかしてくれるに違いない。

ゲームではヒロインが攻略対象者を一人決めるとほかのキャラクターには全く関わらなくなるので、ヒロインが王子を選んだ時点でアスワド様はフリーになる。これは、千載一遇のチャンスでは!?

あんなに憂鬱だと思っていた学園生活だけど、想像よりも楽しみが多そうで一人ほくそ笑む。入学式の様子からして、王子と話せる機会はあまりなさそうだ。学年は違うし、生徒会長という忙しい役職もこなさなければならない。私に構っている余裕もないだろう。

ホールを出た私は寮に向かう。入学式を終えた新入生は今日から親元を離れ、単身で寮へ入ることが義務づけられている。従者をつけることは許可されておらず、貴族の子女たちは悪戦苦闘しながら自分を磨いていくのだ。

新入生はそのまま自室に届いた荷物の整理をするように指示されている。私も皆の波に従って寮へと向かっていた。

大勢の生徒を見ながら、憂鬱の種がまた一つ解消されたようだと分かり、ほっとする。王子の婚約者であり、社交界にも参加していない私への風当たりは、当然強いものだろうと想像していたからだ。

社交界にほぼ出たことがない私は、期待外れだとか王家の婚約者に相応しくないだとか、何かしら陰口を言われる覚悟をしていた。しかし、まだ名前を名乗っていない段階で騒がれることもないと気付き、安心した。こんなに人が多いところで注目されたくない。

人前に出ることがそもそも苦手な私だ。私のことをよく知らない他人から向けられる悪意など、排水溝のゴミくらいどうでもいいものだとは思っているけれど、ストレスになることは間違いない。

その時、前方に人だかりができているのが見えた。女子生徒が吸い寄せられるようにその場所へと集まっていく。男子生徒もちらちらとそちらを見ていて落ち着きがない。

有名人でも来ているのかと思うほど浮き立った雰囲気だ。私も近づいてみたが、人が多すぎて中心人物は見えない。部屋での荷ほどきを優先した方が良いかと離れようとした瞬間、手首を握られた。次いで私を呼ぶ声。

「ベル！」

喜びを抑えきれないようなその声色は、幼い頃から慣れ親しんだものだ。

「殿下……」

さっきの入学式で見た堂々とした生徒会長……と思いきや、喜色を浮かべたサファイアの瞳がゆっくり細められた。愛おしむその表情にドキリと心臓が高鳴る。

私たちの近くにいた集団は息を止めたように静かになり、一拍おいて色んな感情の煮詰まった悲鳴が響き渡った。

王子は鬱陶しそうに顔をしかめてから、私をぐっと引き寄せた。久しぶりの距離の近さに息を飲む。

「行こう。ベル」

彼は短くそれだけ言うと、集団から逃げるように走り出した。私の手を握り、無理のない速度で走る。後ろから悲鳴は聞こえるものの、誰も追いかけては来なかった。

しばらく走った後、隠れるように校舎の近くにある茂みに入った。王子に手を引かれるまま私も後に続く。葉っぱだらけになることを覚悟していたが、草むらの先はアーチ状の道になっていた。

アーチの向こうにはアンティークの椅子が二つと机が置かれたガゼボが建っていた。その周りに咲き誇る赤々とした薔薇の花。

「ここはまるで――」

「秘密基地みたいでしょ？」

王子は楽しそうに笑った。その顔が昔と変わらなくて、どこか安心する。

「そうですね……。驚きました」

戸惑うようにあたりを見渡す私に、王子が近づいた。陰った視界に顔を上げると、頬にキスが落ちてくる。一瞬何をされたか理解できなかったが、すぐにこれは婚約者同士の挨拶だったと思い出す。

「久しぶりで緊張してる？」

優しく聞いてくれる王子の声はかつてより色っぽく、大人びて聞こえた。なんとか首肯すると彼は微かに笑い声を零した。

「ベル、ホリデー以来だよね。会いたかった」

王子は溶けそうなほど甘い声で、私を強く抱きしめた。淡く香る彼の匂いに顔が火照ってくる。私の手首を摑んだ手も、抱きしめる腕も低い声も、昔とは何もかもが違う。

「ベルが嫌ならやめるよ」

王子のその言葉に私は自分がされるがままだったことに気が付いた。慌てて背中に腕を回すと、王子はさらに強く抱きしめてくる。

沈黙が落ちる空間に、私は何か言わなければと頭をフル回転させた。

「殿下が、生徒会長になっていたことには驚きました」

「あぁ。これでも王家の血を引いているからね。生徒会長をやらなくてはならないんだよ」

「そ、そうなんですか。一年生の頃から？」

「そうそう。無条件でね」

「先に、教えてくださっても良かったのに……」

少し恨みがましい言い方に、私自身が驚いた。私は、何も告げられなかったことに拗ねていたのか。

驚いたのは王子もだったようで、体を離し、目を丸くして私を見た。まじまじと見られるのが恥ずかしくて思わず俯く。

王子はしばらく黙っていたが、破顔して私の頭を撫でた。

「話してなくてごめんね。そんな大切なことでもないと思っていたんだ。今度からはちゃんと言うよ」

「……はい」

頷いた私を見つめながら、王子は感じ入ったように「可愛いなぁ」と呟いた。

明らかに私に聞こえる距離だったので、私は顔を真っ赤にして沈黙する。彼のこういう言動を上手く躱せるようになったと思っていたのに。

「……が、学園にこんな場所があるんですね」

声を震わせながら出した話題はそんなことだった。

王子は未だ私の頭を撫で、見つめながら答える。

「俺の魔法で作った空間だよ。よくできているでしょう？」

魔法、という言葉に私はすぐ顔を上げて周りを見た。薔薇など、どう見ても本物にしか見えない。

「この空間は、あるようでない。結界を応用した魔法なんだけど……一年かけてようやく完成したんだ」

「ない空間を作るなんて可能なんですか？」

「可能だよ。俺の魔力なら造作もない。内装も天気も自由自在だし、入り口も出口も操作できるんだ」

「最強じゃないですか！」

「いやいや、俺がいないと空間を保てないし、ベルだけじゃ入れないからね。改良の余地があるねぇ」

「私が入れなくても問題ないのでは……？」

「大ありだよ。いずれはベル一人でも空間が保てるようにしたいんだ」

にこやかにそんなことを言う王子に、この人はどこまで向上心があるのだろうと感心してしまう。最強の魔法使(まほうつか)いでも目指しているのだろうか。

「内装もベルが自由に変えられたらいいな」

「え、どうしてですか」

「一人でいても退屈(たいくつ)しないように」

「そんな、独りぼっちにしないでください」

窺(うかが)うように視線を上げて言うと、王子は一瞬瞠目(どうもく)してからコクリと頷いた。金髪(きんぱつ)に反射した陽が煌めいた。

「そうだね。独りは、寂(さび)しいからね」

宝石のような瞳は潤(うる)んでさらに輝(かがや)きを増していた。彼の瞳はいつ見ても不思議な気分にさせられる。彼自身が匠(たくみ)によって作られた彫刻品(ちょうこくひん)のようだ。

「そういえば、頬への挨拶って学園でもするんですか？」

婚約していれば挨拶の度に頬にキスをするのは当たり前。それは分かっているが、ただでさえ王子は学園で目立つ。そんな王子に会う度キスされては、注目の的だ。

「嫌なの？」

「嫌というか……。目立ってしまうのがちょっと……」

私が視線を泳がせながら言うと、王子は考えるように顎(あご)に手を当てた。

「じゃあこうしよう」

満面の笑みで提案してくる王子に私は顔を引き攣らせた。無理難題を要求されたりしないだろうな？

王子は横結びをする時のように、私の髪をすべて左側に流した。あらわになった右の首筋に顔を寄せる。身を硬くした私の首筋に唇が当てられた。これで何をされるか気付かないほど私は子どもじゃない。

うそでしょ⁉　この人、キスマークつけようとしてない⁉

私は、目玉が飛び出るんじゃないかと思うくらい目を剝いた。それほどの衝撃だった。

これからヒロインと恋に落ちるであろう彼がキスマーク⁉

そんなの絶対ダメでしょう⁉

「で、殿下！　これは……⁉」

「うん、初めてにしては上出来」

なにやら満足げな王子はちっとも気にしていないらしい。

「こ、こんな破廉恥な！」

「婚約者なら当たり前でしょ？」

「そんな嘘には騙されませんよ！」

「本当だって。婚約者を独占したいと思うのは当然だよ。これで、ベルは俺の婚約者だっ

て分かるだろう？」

「だからってこんな……！　は、恥ずかしいじゃないですか！」

私が呻くように言えば、王子はにんまりと楽しそうに笑った。

「じゃあ、慣れるまで練習しないと、ね？」

「え」

「ベルも俺に同じことするんだよ」

　王子は男性らしく角張った首筋を私に見せつけるように晒して、人差し指で叩いた。怪我どころか、シミの一つも見当たらない綺麗な首筋に咲く赤はさぞ映えるだろう。

　想像して顔を真っ赤にした私に王子が追い打ちをかけるように囁いた。

「ベル、ほら早く」

声にならない叫び声は誰にも届くことなく青空に消えていった。

　誰よ、王子が私に構うはずがないと言ったのは！　いや、私なんだけど！

　もちろん油断していた私が悪かったけれど、キスマークをつけられるなんて誰が予想できただろうか。

あの後、王子に寮まで送ってもらったが、終始彼のペースに流されたままだった。

寮の廊下を歩きながら、赤くなった皮膚を隠すように制服の襟を引っ張る。まだ鏡で見ていないからどんな状況か分からないけれど、人に見られたら恥ずかしいことには変わりない。

早く自分の部屋に戻ろうと、先ほど手渡された自室の鍵を手に足早に廊下を歩く。

角を曲がる瞬間、体に衝撃が走った。人とぶつかったと気付き、慌てて謝る。

「ごめんなさ、い……」

声が途中で小さくなっていく。目の前で驚いたように私を見つめる少女に見覚えがあったからだ。

薄い桃色のミディアムの髪に、黄金色の大きな瞳。その瞳と目が合った瞬間、王子とのお見合いの時のように激しい頭痛を感じた。

思わずよろけて、廊下の壁に手をつく。ちらりと窺うと、少女も同様に顔色を悪くして俯いている。緩いウェーブを描く髪も光り輝く瞳も、前世で私が見てきたヒロインそのもの──。見た目だけなら間違いない。主人公だ。

けど、違う。こいつは、ヒロインじゃない。

この不思議な違和感の正体は分かっている。でも、そんなことあるはずないでしょう？

だって、「彼女」がここにいるなんて、そんな奇跡が起こるはずない。

「あぁ。そういうことね」

ヒロインの声は思っていたよりも低かった。呟き、微かに息を吐いた彼女に私は確信する。まさか腐れ縁がこの世界にまで続くなど思ってもいなかった。

実は、前世の私は一人で死んだわけじゃなかった。キミ奏のグッズを買いに、二人で出掛け、そこで事故に遭って死んだ。

――彼女と一緒に。

しばらくの沈黙の後、ようやくヒロインは顔を上げ、貴族らしくスカートを持ち上げてにっこりと……いや、にやりと笑った。

「お久しぶりです。ベルティーア・タイバス様」

やっぱり――前世の悪友か‼

頭では分かっていたけど、私は驚きすぎて声が出ない。

まさか彼女まで転生していたとは。いや転生していた上に、こうして再会できるなんて。

前世を思い出した当初、突然過去の自分の死を目の前に突きつけられて、呆然としたことを覚えている。かつての自分ではなく、物語の舞台に強制的に引き摺り出され、ベルティーアという器を与えられた。

何をすべきなのかも分からない。前世を思い出す必要があるのか疑問で仕方がなかった。

――そんなことを考える余裕ができたのは、王子妃教育に慣れてきた頃だったけれど。

　本当は誰かに前世の記憶があると話して楽になりたかったし、ここはゲームの世界なんだって吐き出してしまいたかった。

　だけど、この世界の人間にどうやってこれはゲームだと伝えるのか。

　貴方たちの感情はプログラムで決まっている、だなんて、彼らの意思を否定するようなことは言えるわけがない。

　だって、目の前で生きている。

　心臓が動いていて、怪我をしたら血を流す。自分で考えて、自分で動いている彼らは確かに生きているのだ。

　私たちが生きてきたように、彼らもまたここで生きている。

　私は神に感謝した――こうして目の前に、共に死んだはずの親友がいることに。

　可愛らしい姿に転生した私の親友が、嬉しそうな顔で私に抱きついてきた。

「あら、くっついてくるなんて珍しいじゃない」

「やっぱりあなただね。良かった！　また会うことができて」

　ハグしてきたことも予想外だったけれど、彼女がこんな発言をすることも信じられなかった。言葉遣いが荒くていつもすましているくせに、一人になると寂しがる。素直じゃない彼女に手を焼いていた頃が懐かしい。

「私も嬉しい。でも、あなたがいるなんて夢にも思わなかったわ」

「なによ、感動の再会だっていうのに冷たいのね」

親友は泣き真似するように顔を手で覆って、しくしくと効果音をつけだした。こういうお馬鹿なところもそのままだ。

私の反応がないと分かると、パッと顔を上げて不貞腐れたように唇を尖らせる。

「でも、まさかあのベルティーアに転生しちゃうなんて、とんだ災難ね」

「全くよ。私も最初は何かの冗談だと思ったわ」

「主要人物は全然マークしてなかったわ……。だって、あなたの前世、いかにもモブって感じだったじゃない？」

ヘラヘラ笑いながらさらっと人を貶すことも忘れないこの荒業には最早感嘆すら覚える。

相変わらず失礼な奴だ。

咎めるように彼女の名前を呼ぼうとして、私は重要なことに気付いた。

「あなたの名前ってなんだっけ？」

「今さら？　ヒロインよ、ヒロイン！」

「いや、それは分かっているけど、自分の名前を入力してプレイしていたからデフォルト名、覚えてないのよね」

頬を掻きながらそう言えば、彼女は一瞬ポカンとした後おかしそうに笑った。そしてすぐに腰を落として、淑女の礼をとる。

美しい髪がハラリと彼女の首を滑り、伏せた睫毛が影を落とした。

「わたくしはアリア・プラータと申します。以後お見知りおきを。ベルティーア様」

わざとらしく挨拶をするアリアをじっと見下ろす。こうしているとため息が出そうなほどの美少女なのに、中身が違うとこうも雰囲気が違うのか。

「ところで、ベル」

「いつから愛称で呼ぶ仲になったのよ」

これでも、私はタイバス公爵家の令嬢なのだ。親友と言えど、この世界は貴族社会。少しくらいは敬ってもらわなければ。

そんな考えが頭を過って、思わずハッと口を押さえた。思っているよりずっとこの世界の階級制度に染まっている。

私の生意気な台詞をアリアは気にした様子もなく、無邪気に笑ってみせた。

「ほんと、昔からそうだよね。変なところで細かいんだから」

「そ、そんなこと、ないわよ」

動揺する私を気にすることなく、アリアは言葉を続けた。

「ベルティーア・タイバス……いいえ。これはかつての親友さんに忠告よ」

突然フルネームで呼ばれて、少し驚く。

アリアの顔は、真剣だった。大切な話をするとき、彼女はいつもこんな表情をした。

すぅっと彼女の唇が緊張したように息を吸い込むのを黙って見つめる。

「──アスワドには、近づかない方がいいわ」

分かりやすく、一言ずつ区切ってアリアが言った。

私はしばらくその言葉の意味を理解できなかった。

「……どういうこと？」

「そのままの意味よ。どうせあなたのことだから、推しと仲良くなりたいとでも思っていたんでしょう？」

ズバリと図星をつかれ、私は目を泳がせた。アリアは呆れた様子でため息をつく。

「でも、好きなゲームの中に入ったら推しに会いたいと思うのは当然じゃない」

「一つ大切なことを忘れているわ。今のあなたはかつてのあなたじゃない。第二王子の婚約者であるベルティーア・タイバスなの」

私はぐうの音も出ず黙り込んだ。アリアの言う通りだったからだ。

「そ、そういうアリアこそ推しに会いたいと思わないの？」

「ディラン様のこと？」

「そうよ」

悪友の推しは、私の婚約者でもある第二王子、ディラン様である。その熱愛っぷりは、私のアスワド様に対する気持ちくらい凄まじかった。

聞いてもいないのに王子ルートのことを延々と語るし、悪役令嬢ベルティーアの妨害に苛立っていたこともよく覚えている（ヒロインへの攻撃が一番陰湿なのは王子ルートらしい）。

アリアは嫌そうに顔をしかめて首を振った。

「ディラン様に会いたいだなんてちっとも思わないわ」

「ど、どうして!?」

「理想と現実は違うのよ」

あっけらかんと言い放つアリアに私は呆然とした。信じられなかった。

私の理想はアスワド様に決まっている。あんなに誠実な人を好きにならないはずがない。

「私は、現実のアスワド様に会ってみたいわ」

「ダメ。あなたはディラン様の婚約者だから」

「意味が分からない」

私がどれだけアスワド様に入れ込んでいたかを彼女は誰よりも知っているはずだ。

悪役顔を存分に活用して鋭く睨んでも、アリアは怯みもしなかった。

彼女は滅多なことでは自分の意見を変えない。芯があると言えば聞こえはいいが、頑固で融通が利かないのだ。

「あとね、私、アスワドを攻略するから」

衝撃の告白に今度こそ脳が停止した。

彼女は今なんと言った?

「なにを……」

「私はアスワドルートにするわ」

アリアはまっすぐに私の目を見て言った。彼女は、本気だ。本気でアスワドを攻略する気だ。

――話が違わない? アリアが王子を救う物語ではなかったの⁉

「な、なんで……? アリアは王子が好きなんじゃないの?」

「……ごめん。アスワドがベルの推しなのは知ってる。それでも彼を選びたいの」

呆然とする私の視界には、申し訳なさそうに眉を寄せるアリア。

こんなことってある――⁉

私はずっと、ヒロインは王子を選ぶものだとばかり考えていた。でも、違った。

前提が壊れていく。ヒロインは、アスワド様を選んでしまったのだから。

「じゃあ、王子を救うのは誰なの?」

ぽつりと呟いた言葉に、アリアは微笑んだ。まるですべてを知っているかのような笑みだった。

「それは多分、ベル。あなたよ」

「は……？」

「もちろんディラン様が嫌いなら私も全力で協力するわよ！　あの人の執着って尋常じゃないし、逃げるなら早い方がいいわ」

「逃げるってなに……？　別に王子から嫌がらせなんてされた覚えはないし、王子はそんなことしないわよ」

「あ、そう……。まあそれについても今度また話しましょう」

アリアは気を取り直すように咳払いをして言った。

「そもそも、ベルは私にディラン様の心が救えると思う？」

「それは……」

「そう、できっこないわ。だって、私には慈悲深い心なんてないし、前世でお分かりの通り面倒見のいいタイプでもないもの。それに、出会って数日しか経っていない元平民の女に何言われたって王子様に響くわけがないでしょ」

「そこは……愛の力とかで？」

「ゲームの中では、それも可能かもね。でも、今は私がヒロインで、あなたが悪役令嬢。この時点で世界のシナリオは破綻しているのよ」

私は、自分の判断の甘さにようやく気が付いた。なぜ今まで、ヒロインが王子を選ぶのが当然だなんて思っていたんだろう。王子とアスワド様と、それからほかにもきっと攻略対象者がいるはずなのに。ヒロインが誰を選ぶかなんて、そんなの分からないじゃないか。

ヒロインが攻略対象者を選ぶかどうかさえ、絶対ではない。彼女もまた、プログラムではなく〝生きて〟いるのだから。


「……私、とんでもない思い込みをしていたようね」

「そんなことないわ。私は平民に生まれたのもあって、比較的自由だったから色々考えることもできたの。でもベルは、最初から貴族令嬢だったし、ディラン様の婚約者になったこともシナリオ通りだった。分からなくなるのは当然よ」

アリアは優しく励ましてくれたが、私は今後どうしようという不安でいっぱいだった。

「ちょっと、一人で考えてみるわ」

私が告げると、アリアは少し寂しそうな顔をしてから、自分の部屋を教えてくれた。

「相談があればいつでも来てね。昔みたいにまたたくさんお話ししましょう」

入学式当日から情報量が多すぎる。考えることに疲れた私は夜の中庭を散歩していた。
女子寮と男子寮の丁度中間地点にあるこの中庭は、女子でも唯一夜に出ることが許されている場所である。

学内といえども、女性一人での外出は危ない。寮へ案内される前に聞いた説明ではそういう風に言っていたけれど……。

あちらこちらで囁くように聞こえる男女の声と人の気配。——ここが逢瀬の場になっているならばはっきり言ってほしかった。

みんな貴族の子女ということもあって節度を守った清い逢瀬ではあるようだけれど、逆に一人で歩いている方が浮く。しかも制服で来たのも良くなかった。女性陣が質素ではあるがドレスで着飾っている中、制服は悪目立ちするだけだ。

散歩を諦めて、月がよく見える場所に座る。木の陰に隠れている恋人たちは夜空には興味がないらしい。

「制服ということは、あなたも一年生ですか？」

突然声をかけられ、驚いて声のする方を見る。

「不躾に声をかけて申し訳ありません。俺はアスワド・クリルヴェルと申します。決して怪しい者ではないですよ」

「!!」

野性味を感じる美青年は慌てたように早口で自己紹介した後、はにかむように笑った。

どうして今日は次から次へと色々なことが起こってしまうのだろう。私に声をかけてくれたのは、前世の推しであるアスワド様だった。

私は返事をするか迷って口をパクパクと忙しなく開閉させる。アリアからの忠告を思い出したからでもあるが、純粋にリアルで見る推しの美しさに圧倒されたからでもあった。

画面越しに何度も見たキャラクターが目の前にいるのは不思議な感覚だった。実写とも、イラストとも違う。

呼吸をして生きているけれど、前世であればめったにお目にかかれないほど、容姿が整っている。じわじわと胸を満たしていく高揚感と好奇心をなんとか押しとどめて、できるだけ簡潔に、しかし失礼のないよう立ち上がって私も自分の名を告げた。

「わたくしはベルティーア・タイバスと申します。一年生です」

「タイバス公爵家のご令嬢でしたか」

アスワド様は驚いたように目を丸くして大げさに肩を揺らした。体は大きいのにその仕草が可愛らしくて思わず笑ってしまう。

「重ねてお詫び申し上げます」

「そんなに気にしなくても大丈夫ですよ。ところで、私になにか御用ですか？」

アスワド様はほっとしたように息を吐いた後、用事を思い出したのか少し声を潜めて言った。

「少女を見かけませんでしたか？」

「少女？」

思わず聞き返してから、もしかして彼も中庭に集まる生徒たちのように誰かと逢瀬の予定があるのだろうか、と思った。日も沈んだこの時間に男性一人というのもおかしい。

ゲームのシナリオが破綻した影響で、彼にも別の恋人がいるなんてこともあり得るのではないだろうか。アスワドを攻略すると張り切っていたアリアの顔が脳裏を過る。

「桃色の髪で、花の髪飾りをしているんですけど……」

「えっ」

素っ頓狂な声に、アスワド様は「どうかしましたか?」と首を傾げる。私は平然を装って「いえ……」と顔を横に振った。

アスワド様から聞かされたその少女の特徴は、明らかにアリアのことだろう。

さすが悪友だわ。落とすも何も、逢瀬の約束をするくらいアスワド様との親密度を上げていたなんて。前世でゲームばっかりしていたことが功を奏したのかしら。

アスワド様のルートは、幼少期から始まる。とある泉でアスワド様と出会い、仲を深めて、一緒に学園へ入学するのだ。もちろん学園へ入学してからアスワド様と出会うシナリオもあるが、裏ルートと呼ばれる幼馴染設定が私は一番好きだった。

この様子だと、アリアも幼少期からアスワド様と一緒にいたのだろう。だって、アスワド様はすでにアリアに恋していそうな雰囲気だ。

「その少女とは学園前からの知り合いなんですか?」

「そうなんです。今日ここで会う約束をしていたんですが、思ったよりも生徒が多くて」

アスワド様はいちゃつく恋人たちを見ないように視線をそらしながら言った。

「その方はアスワド様の恋人？」

「違います！」

彼は顔を真っ赤にして必死に否定した。照れていることが丸わかりである。初心（うぶ）なその反応に可愛いなぁと口に出してしまいそうだった。

「探している少女ってアリアのことでしょう？」

「アリアを知っているんですか⁉」

「ええ。私の大切な友人です」

私が微笑みながら言うと、アスワド様はぽかんと口を開けた。

「ベルティーア様とアリアが友達……？」

「今日知り合って、お友達になったんです」

彼が驚くのも無理はない。私は公爵家の令嬢で、アリアは平民上がりの貴族だ。学園に入れば身分の差はないとされるけれど、現実問題、貴族と平民の差は無視できない。

しかし私はあえて微笑んだまま、アスワド様を見つめた。

「アリアのこと、大切にしていますか？」

私の問いかけに、アスワド様は一瞬驚いたように目を見開いたものの、すぐに頷きしっかりと低めの声で答えた。

「アリアのことは、世界で一番大切にしています」

「そうですか。よかった」

アスワド様はぽかんとした表情で私を見た。理由は分かっている。私が心底嬉しそうな顔をしているからだ。

前世で共に死んでしまった親友がとても大切にされている。これほど嬉しいことはない。推しだったアスワド様の人となりを知っているからこそ、彼の言葉は信じられる。

二人が結ばれたら、アリアもアスワド様も幸せになる。ついでに私まで幸せだ。

「絶対に、アリアを泣かせたらダメですよ」

私の親友を泣かせたら、たとえ推しでも容赦はしない。

私の内心を分かっているのかいないのか、アスワド様は神妙な顔で頷いた。

しかし、次の瞬間、アスワド様の表情が強張る。

「――そこの君は俺の婚約者に何か用かな？」

よく響く通る声。声のした方を振り返ると、後ろには満面の笑みを浮かべた王子がいた。

にっこりと微笑んでいるのに、同時に形容し難い空気も纏っているような気がする……。

生ぬるい風が頬を撫で、私は背筋を震わせた。

「……殿下」

私が呟くと、王子はふっと目元を緩ませて、安心させるように首を傾げた。その様子は昼間見た彼と変わりない。いつもと同じように柔らかく微笑んでいる。

「君はベルの友達？」

王子の視線がアスワド様の方を向く。アスワド様は緊張したように息を飲んだ。

彼自身、王族を間近で見るのは初めてなのだろう。緊張してしまうのも無理はない。

でも、王子はちょっとした不敬を厳しく咎めるような人ではないので、そんなに怯えなくてもいいと思うんだけど……。

「アスワド様？」

王子の問いに答えないまま固まるアスワド様を見ると、彼は首が取れそうなほど横に振った。まるでこっちを見るなと視線で訴えられているようだ。

「ふぅん。こんな場所で名前を呼び合うほどの仲なんだ」

低い声色に、王子に何か誤解されたとようやく気が付く。この中庭は、生徒の逢瀬の場。

実際は偶然会っただけでも、王子からすれば婚約者がほかの男性とひっそり会っているように見えたのかもしれない。

「アスワド様とは偶然お会いしただけですよ！　彼は桃色の髪の少女を探しているんです」

「そ、そうなんです。ベルティーア様は制服を着ていらしたので、同じ新入生と思い、人探しに協力してくれるかな……と。殿下の婚約者様とは知らず申し訳ありません」

アスワド様も私も誤解だと伝えようとしたが、王子の機嫌は良くなるどころか急降下していく一方。胡乱げに私たちを見てから、はっきりと私を呼んだ。

「ベル、こっちへおいで」

素直に王子に近づくと、力強く腕を引かれた。王子の腕の中に閉じ込められ、アスワド様には背を向ける格好になる。

「桃色の髪の少女なら、先ほど向こうで君を探していたよ。うろうろと彷徨っているようだったから、早く迎えに行った方がいい」

王子の言葉にアスワド様は素早く礼を言って、そのまま走り去ってしまった。遠くなっていく足音を聞きながら、こんな人前で抱きしめる必要ないのに、と心の中で呟き、気恥ずかしさを誤魔化す。

「さて、ベル。ここで何をしていたのかな？」

「ですから、彼の人探しのお手伝いを……」

顔を上げ、王子の表情を見て私は思わず口を閉じた。

いつも笑顔の王子が笑っていない。そう、真顔なのだ。笑みを浮かべていた形のいい唇は真一文字に結ばれ、優しさを湛えていた瞳の奥は寒気がするほど冷たい。

さっと己の血の気が引いたのが分かる。

何度か王子が怒った場面を見たことはあったが、少なくとも、彼のこんな表情は見たことがない。

「ベル、俺は怒っているよ」

見れば分かる。さっきも明らかに不機嫌だったが、アスワド様にアリアの場所を教えていたから誤解は解けたものと思っていた。どうやら違ったようだけれど。

そんなに怒ることないのに、と不貞腐れそうになる顔を必死に真顔に保つ。

「でも、本当にたまたま会っただけで、疚しいことなんて何一つないんですよ」

極力何でもないことのように言ったつもりだが、やはりどこかとげとげしい声色になった。王子はそんな私の変化に目ざとく気付く。

「ベル？」

「なんですか」

「怒ってる？」

「怒ってないです」

そっぽを向いて言った私の耳に、王子が息で笑うような音が聞こえてきた。

「可愛いなぁ」

「別に可愛くないです！　それより、アスワド様とは本当に偶然会っただけですからね⁉　ちゃんと私の言ったこと信じてくださいよ！」

私の発言にまた王子の表情が胡乱げになる。今の言葉のどこに地雷があった⁉

「俺はベルを疑ったことなんて一度もないよ」

「じゃあ……」

「楽しげに話していたのが気にくわないだけだよ」

王子は清々しいほど爽やかな笑みを浮かべた。

「ねぇ、ベルの好きな人って彼？」

「へ……？」

彼って、アスワド様のこと？

突然何を言われたか理解できずに首を傾げるが、その瞬間弾けるように思い出した。

ちょうど一年前、王子が学園に入学する前に話した内容のことを彼は言っているのだ。学園に入ったらヒロインと恋に落ちると思い込んでいた私は、王子に言った。「もし……学園で愛する方を見つけたら遠慮せず私に仰ってくださいね」と。

その話の流れで、「ベルにはすでに好きな人がいるの？」と聞かれて、咄嗟に浮かんだ推しの姿に反応が遅れた。その後、怪しんだ王子に問い詰められたことをすっかり忘れていた。

「好きな人なんていないって言いましたよ」

「ほんとかな？　彼と話しているときのベル、見たこともないくらい幸せそうな顔をしていたよ」

そんなに楽しい会話をしたかしらと思い返してみるが、アリアとアスワド様の関係を知って嬉しく感じたくらいだ。

「特別幸せな会話をした覚えはありませんが……」

王子が無表情に戻り、瞳が剣呑さを増した。目付きは鋭いのに、唇を尖らせて子どものように拗ねている。唇を尖らせるのは王子が機嫌を損ねた時の癖だ。

「あいつのことは名前で呼ぶのに、俺のことは名前で呼ばないよね？　いつも殿下、殿下ってよそよそしくて」

指摘されたことに、私はただただ驚いた。確かにそうだと思ったからだ。

誰より長い付き合いのはずの王子を、名前で呼んだことがない（誕生日に頼まれて呼んだことはあるけど）。

王子を名前で呼ぶなんて、失礼で図々しいことだと思っていたから――いや、そうではない。多分私は、王子と深い関係になるのを恐れていた。いずれ婚約を解消する彼と、一線を引いておきたかった。……その前提が崩れた今では何の意味もないけれど。

「呼び方のこと、気にしていらっしゃったんですか」

「気にするよ。殿下は今までもこれからもたくさんの人から呼ばれるだろうけど、ベルがディランと呼ぶのは俺しかいないから」

私はますます目を見開いた。考えたこともなかった。

たびたび名前で呼んでほしいと言われたことはあったが、なんだかんだと流していたし、王子もそれを許してくれていた。戯れというか、ちょっとした言葉遊び程度のものだとばかり……。

「申し訳ありません」

「え？」

「私は殿下の気持ちを分かっていなかったようです。しかし、確かに、婚約者を殿下とお呼びするのは対外的にも印象が良くないですよね。不仲だと思われるのも心外ですし」

「……なんか少し違う気がするんだけど。俺は、ベルに、名前を呼ばれるのが嬉しいんだよ？」

「殿下の優しいお気持ちは、もちろん分かっています。ですから、私もお名前をお呼びするよう善処いたします！」

王子は「絶対分かってない」と顔をしかめつつ言った。言語化するのが下手くそなだけでちゃんと分かっているつもりなのだけれど。

「ベルは俺の婚約者って自覚をちゃんと持って。彼と一緒にいたの、本当に嫌だったんだから」

「それは……あ、そういえば、殿下はなぜここへ？」

「――殿下？」

王子が微笑みながら、私をじっと見る。

「ディ、ディラン様……」

名前呼びってこんなに恥ずかしいものだったっけ？

数年間ずっと殿下と呼んでいたせいでなかなか呼びづらい。王子――ディラン様は私の声が聞こえなかったようで、口元に耳を寄せた。

「もう一度」

甘く掠(かす)れた声が耳に吹(ふ)き込まれる。カッと体が燃えるように熱くなった。

恥ずかしさに黙り込んだ私をさらに追い詰めるように、優しく溶かすような言葉が脳を襲(おそ)った。

「お願い。呼んで？」

この人は本当に！

「……ディラン様」

さっきよりは幾分(いくぶん)か大きめの声量で、彼の名を呼ぶ。その瞬間、顔の輪郭(りんかく)に沿うように手を添(そ)えられ、頬にキスをされた。

「きゅ、急に！」

「首にキスの方が良かった？」

「それはもう今日の分はしたからいいですよね⁉」

首を庇うように右手で押さえると、ディラン様はその手に重ねるように自身の手を重ねた。私の手を退かすようにそっと力を入れて右手だけ恋人つなぎにされる。何をするのかと思いきや、制服のシャツをずらして首をそっと撫でた。

「うん、綺麗」

暗い中、青い瞳がいつもより濃い影を作り出す。ゆっくりと目を細めたディラン様はいつもの柔和な笑みとは違う、妖しく美しい微笑みを浮かべた。首をなぞる指は皮膚に触れるか触れないかくらいの強さだが、私は体の中心から撫でられているかのような感覚に陥った。

「可愛い……」

ディラン様はうっとりとした口調で言った。私はこの空気をどうにか変えたくて、さっき聞いたことを再び問う。

「あ、あの、ディラン様はどうしてこの場所へいらっしゃったんです？」

「ベルがいたから」

「私が……？　どうしていると分かったんですか？」

ディラン様は意味深に笑って、私の首に顔を寄せた。抵抗しようと思えばいくらでもできるのに、体が固まったように動かない。首筋から聞こえたリップ音に私はいつか愧死してしまうのではないかと本気で思う。

「――内緒」

海の底のような瞳を煌めかせながら、ディラン様は静かに告げた。

第二章　学園

学園生活が始まって、二日目。ヒロインは、騎士であるアスワド様を選択した。

ぼんやりと現実味のなかったこの世界が、ゲームの開始を察したかのように色をつけて回り出す。

ヒロインがディラン様を選ばなかった今、自分が今後どうするべきなのか結論が出ないまま、暗い憂鬱を感じながら私は黙々と支度を進めた。

学園の朝はのんびりとしている。にもかかわらず、自分で支度することに慣れていない貴族の子女の遅刻は多いらしい。

そういう私も、前世なら三十分で身支度を終わらせていたのに、今日は二時間もかかってしまった。生まれた時から使用人に世話をしてもらっている貴族の子どもたちならなおのこと。

学園生活の序盤から躓くわけにはいかないと気合を入れて早起きした結果、想像以上に早く登校してしまったようだ。昨日はあんなに生徒がいたはずの学園には、人っ子一人いない。

寮から学園までは迷うことなく行けたけれど、問題は教室に無事辿り着けるかどうか。敷地が広いこの学園では、とにかく教室間の距離が離れている。

教室も廊下も数十人は通れるくらい横幅が広いのだ。教室はともかく、廊下はもっと狭くしてもいいような気がするけれど……。

周りを眺めながら進んでいると、案の定迷ってしまった。方向感覚には自信があったが、知らない場所では通用しないらしい。

「そもそも何階に一年生の教室があるのかしら」

こんなことになるなら急いで部屋を出ずに、ほかの生徒たちに合わせて登校すればよかった。

本格的に迷子になってしまったため、途方に暮れる。元来た道を戻ろうとしたらさらにわけが分からなくなってしまったのだ。

仕方なく廊下から目の前に見えた広場のような場所に出てみる。明らかに先ほど通った入り口とは別の場所だった。

「あら、可愛いお客さんね」

耳に残るような鈴の音に惹かれて声の聞こえた方を見ると、そこには一人の女性がいる。

こちらに向かって歩いて来た彼女を見て、私は一瞬息を止めた。

——美しい。

珍しい銀色の髪と、雪のように白い肌。彼女は、私を見て優しく微笑んだ。

「初めまして。ベルティーア様」

目が離せないほどの美しさだった。

独特の雰囲気と存在感。儚げながらも、凛とした芯のある声にうっとりと魅了されてしまいそうだ。

しばらくの間、二の句が継げず呆然と立ち尽くしていたものの、名前を呼ばれたことに数秒してから気付いた。

「なぜ私のことを……？」

彼女は何も言わずに微笑んでいるだけだった。不自然なほど長い間が空いてから、彼女は訊いた。

「わたくしのことはご存じかしら？」

「……はい。もちろんでございます」

彼女のことを知らない貴族はこの国にほとんどいないだろう。

妖精のように美しいこの女性の名はミラ・シャトレーゼ。私と同じ王族——王太子の婚約者である。

私に温室で喧嘩を売ってきた、あの傲岸不遜な王太子の婚約者こそ、彼女なのである。体が弱く、私と同じくらい社交界に顔を出していないお方だ。正確には私の四つ年上なので、本来もう学園は卒業しているはずだが、十五の時に体を壊してしまい一年遅れて入学することになったそうだ。

――リィン、と彼女の腕輪が鈴のように鳴る。

「わたくしも貴女のこと、知っているの。ディラン様と仲が良くって羨ましいわ」

ミラ様はうっすらと微笑んで、私を見つめた。

直視するには眩しすぎて、たまらず視線を逸らした。同じ王族の婚約者であるはずなのに、全然私と違う。

品格もオーラも私など彼女の足元にも及ばない。ミラ様から滲み出る気品は今まで感じたことがないものだった。

「貴女とはいつかゆっくりお話をしてみたいと思っていたの。ほら、王族の婚約者同士ですし……助け合わないと。ね？」

ミラ様の問いかけに私は曖昧に頷いた。

彼女を見ていると、どうしてか心の奥が暗く沈んでいく気がする。私は自分の胸に手を当てて首を傾げた。このモヤモヤは、何だろう。

ミラ様が妖しく笑っていることに気付かないまま、漠然とした不安感に眉を寄せる。

「ところでベルティーア様、時間は大丈夫かしら？　あと十五分ほどで一時間目が始まるけれど」

「え⁉」

内ポケットにある懐中時計を確認すると、ミラ様の仰る通り授業開始の十五分前だ。

「一年生の教室なら、そこの角を左に曲がって、まっすぐ進んでください。階段が見えると思いますから、その階段を上れば着くはずですわ」

親切にも教えてくれたミラ様に礼を言って頭を下げる。初めての挨拶が雑になってしまったが、授業に遅れるわけにもいかない。

急いでその場を去る私の耳に、甘く誘うような声が聞こえた。

「今度、一緒にお茶でもしましょうね。きっと、楽しいわ」

嬉しい誘いのはずなのに、私は聞こえなかったふりをして足早に教室に向かった。

何とか五分前に教室に入り、慌てて自分の席に座る。落ち着いて教室を見回すと、特徴的な桃色の髪が見えた。アリアと同じクラスではないか。その右隣には昨夜会った私の推し、アスワド様が座っている。

まさか二人と同じクラスになるとは思っていなかった。とんでもない奇跡が起きている。

二人を後方の席からじっと見つめていると、視線に気付いたのか二人がこちらを振り返り、驚いた顔をした。そして、控えめに手を振ってくれる。二人が仲良く手を振る姿が可愛くて、私も満面の笑みで手を振り返した。

やっぱりヒロインとアスワド様って絵になるわ。……あの可愛い少女の中身は私の前世の親友なのだけれど。

まもなく教室に入ってきた担任の先生は、あり得ないくらい美人だった。

「チェレン・ルストだ。今日からこのクラスの担任になる」

短く簡潔な挨拶をする先生は、どことなく厳しそうな印象だった。気の強そうな鋭い瞳は鮮やかな赤色である。

そして先生の挨拶の後は新学期特有の自己紹介が始まった。

「アリア・プラータです。よろしくお願いします」

にこりとディラン様に匹敵するほどの悩殺スマイルをアリアが繰り出せば、男の子たちが一斉に色めき立つ。

「アスワド・クリルヴェルです。よろしくお願いします」

アスワド様は綺麗な角度で頭を下げた。騎士を志願しているアスワド様は、教室内でも帯刀を許されており、腰に差された剣がよく目立つ。

この学園は、単なる貴族の学び舎というだけではなくほかにもいくつか特待生の枠があり、アスワド様は特待生の中でもエリートと言われる騎士枠を希望している。ただ、この騎士枠は、とにかく合格率が低い。

貴族であるアスワド様が、わざわざエリートを目指したのは騎士団の幹部となるためだ。爽やかな性格をしているのに実は野心家なところもまた良い……と前世の私は酷く興奮したものだ。

遠い昔の記憶を懐かしんでいると、あっという間に私の番になった。

お母様のレッスンが身に染みている私は、もう挨拶くらいで膝を震わせたりしなくなったけれど、やはり注目されるのはいつだって緊張してしまう。

「ベルティーア・タイバスです。よろしくお願いいたします」

目は伏せたまま、クラスメイトの反応を見ないようにそっと席に座った。

無事自分の番が終わったことにほっと息を吐いていると、ガタガタと豪快に椅子を引いて立ち上がる音がした。

私の隣の席の男の子が髪をガシガシ掻きながら棒付きキャンディーを舐める。

「ラプラス・ブアメード。よろしく」

そのまま彼はドカリと自分の席に座って飴をゴリゴリと噛み砕いた。私だけでなく、クラス全員が彼の挙動に絶句している。ボサボサの蒼髪に、眠たげな目。制服の釦は所々かけ違えていて、サイズが合っていないのかダボダボだった。身長も男性にしては小柄で、着崩した制服の上には汚れた白衣を羽織っている。

彼は周囲の様子を気にするでもなく、四角の眼鏡をかけ直してまた新しい飴を咥えた。

クラスでの顔合わせが終わり、初めての授業も午前中で終わりだった。

さぁ帰ろうと鞄に教科書を詰めていると、突然隣から話しかけられた。

「ねぇねぇ」

声のした方を向くと、そこには青い瞳をレンズの奥で輝かせている男の子。

「僕、ラプラスっていうんだぁ。ララって呼んでね」

科学者っぽい名前だなと思いつつ改めて彼を見て、そこで初めて粗野な自己紹介に反し、彼が随分と可愛らしい顔立ちをしていることに気が付いた。ララという女の子のような愛称が似合うほど愛らしい男の子である。寝癖だらけの髪を申し訳程度にとめている赤いピンが彼の蒼髪によく映えていた。

「君は？」

「え？」

「君の名前は教えてくれないの？　生徒会長の婚約者なんでしょ？」

間延びしたような口調で眠たそうな目をさらに垂れさせて彼は呑気に尋ねた。

先ほど自己紹介したのを聞いていなかったのだろうか。

「ベルティーア・タイバスと申します」

「あぁ！　そうそう。ベルちゃん」

ヘラヘラと笑いながら彼はまた飴をガリッと噛んだ。

「僕ねぇ、ベルちゃんと仲良くなりたいなぁって思っているんだ」

「は？」

ラプラスの青い瞳は冗談を言っているようなものではなかった。

不意に手を握られる。驚いて手を引っ込めようとするが、思いのほかラプラスの力は強かった。

「な、なに⁉」

「いいこと教えてあげるよ。君の婚約者――ディラン第二王子殿下のこと。知りたくなぁい？」

透き通るような青い瞳が愉快そうに弧を描いた。

からかうように笑う彼のことがどうしてか好きにはなれなくて、冷ややかな視線を向ける。

「結構よ」

「あれ、怒っちゃった？」

「殿下のなにをご存じかは知りませんが、女性にいきなり触れるような無礼な方と仲良くなどできません」

興味はない、とばかりに手を振り払い踵を返した。

私はともかく、王族であるディラン様のことを軽々しく話題に出すなど無作法にもほどがある。

冷たくあしらったにもかかわらず、彼は再び私の腕を摑んだ。さすがに見過ごせず、鋭く睨みつけ注意をしようと口を開いたが、ラプラスに先手を取られる。

「『先祖返り』について……って言ったらどう？」

一瞬だけ体が硬直する。彼の口から『先祖返り』という言葉が出てきたことが想定外すぎて咄嗟に反応ができなかった。

『先祖返り』とは、先祖の強力な魔力や記憶を引き継いだ者を指す言葉である。王子妃教育を受けていた頃、国学史の授業で一度だけ聞いた。国学史の先生は、ディラン様のことを『先祖返り』だと言い、彼の有する強力な魔力は恩恵にも災いにもなると言っていた。

ディラン様が王宮で孤立する要因の一つになった、桁違いの魔力。人々は彼を恐れ、遠ざけた。『先祖返り』というのはまさに、膨大な力の象徴である。

そのことを、なぜ彼が知っている……？

「わたくしはあなたの話など微塵も聞く気はありません。先祖返りだかなんだか知りませんが、殿下の話を面白おかしく吹聴するつもりならそれなりの制裁を受けることになるわよ」

「お〜こわ。まぁ、安心してよ。婚約者の君にしか僕は言うつもりはないし、これは僕なりの忠告なんだよ」

私は深くため息をついた。腕を離せと命令しても彼は平然と笑っている。

「婚約者である君には知っていてほしいんだ。彼がどんなに恐ろしくて冷酷な人間なのかを」

「――それ以上ディラン様を侮辱するなら本気で怒りますよ」

私の強い言葉遣いにラプラスは一瞬だけ悲しそうな顔をして、ようやく手を離した。

「……ごめんね」

その表情が気になったが、これ以上彼と話すこともない。

私は足早に教室を出た。

廊下を一人で歩いているとポンッと肩に手がのった。アリアだ。

「ベル、さっき教室でなに話していたの？　怖い顔していたけど、大丈夫？」

「……大丈夫よ。気にしないで」

「ふぅん。にしても、彼、変な人よね。自己紹介の時ビックリするくらい感じ悪かったわ」

彼女の言葉に私は苦笑いを浮かべる。

不愉快そうに眉を寄せていたアリアは、しかし急に表情を明るくして柔らかく微笑んだ。

「ねぇ、この後ちょっとお話ししない？」

私はその提案に勢いよく頷いた。ラプラスのせいで沈んだ気持ちが浮き上がる。

「そうと決まれば、早く帰ろう。積もる話もあるでしょう？」

「そうね。早く帰りましょう」

連れだって廊下を歩いていると、前から見知った人物が歩いてくる。

彼はこちらを見ると、あ、と声を上げた。

「お久しぶりですね、ベルティーア様。入れ違いにならなくて良かったです」

「お久しぶりです。シュヴァルツ様」

ダークブルーの髪と赤黒い瞳が眼鏡の奥で知的に輝いている。

王子の従者であるシュヴァルツと会うのは一年ぶりだ。当時よりかなり色気が増している。

シュヴァルツは私の隣にいるアリアをちらりと一瞥しただけで、挨拶するでもなくすぐに手元の書類を捲り出す。

愛想わるっ、とアリアが呟いた言葉は私だけが聞こえたものと信じたい。

「実はベルティーア様にお願いがありまして」

「なんでしょうか？」

「明日の放課後、生徒会室に来ていただけませんか？」

シュヴァルツは資料の中から黒い紙に金の文字が書かれたカードを取り出した。

「そこの貴女も」

シュヴァルツはアリアにも同じカードを渡す。アリアは少し思案した後、それを受け取った。

あれ、生徒会室ってことはディラン様の用事ってこと？ シュヴァルツが案内に来たということは、彼も生徒会に所属しているのだと思うけど……。

「明日の放課後ですね。分かりました」

「助かります。必ず来てください。必ず」

シュヴァルツは無表情のまま念を押すように言葉を強めた。

シュヴァルツと別れて寮まで向かっていると、アリアがカードを眺めながら顔をしかめている。

「私、彼のこと嫌いだわ」

「確かに、アリアとシュヴァルツ様は合わなさそうね」

「でしょ？ あの失礼な態度！ 自己紹介くらいしなさいよ。気に食わないわ！」

アリアもたいがい失礼な態度をとるほうだと思うけど、なんてことは口が裂けても言えない。

ふん、と鼻を鳴らしてアリアはカードをポケットに仕舞った。丁度私の部屋に着いたからだ。

「私の部屋でいいの？」

「もちろんよ。もしも王子が訪ねてきた時にあなたがいなかったから大変だもの」

ディラン様が女子寮の部屋に来ることなどそうそうないと思うのだが。

よく分からないことを言われて私は首を傾げる。

部屋に入るとアリアはおお、綺麗、と感嘆の声を上げた。

「ちょっと、それ私のお気に入りのソファーなんだけど」

「あー、やっぱり？　素敵だと思った！」

アリアは気にした様子もなく楽しそうに笑う。

仕方なくアリアと自分用に紅茶を用意して、小さなテーブルを挟んで向かいのソファーに座る。

アリアは私が座ったのを見てから長くて細い足をスカートからチラつかせて組む。偉そうに頬杖をついて私を見た。

「さぁ、ベル。なんでも聞いて。私はあなたに隠しごとはしないって前世から決めているの。知りたいこと全部教えてあげる」

アリアの言い方に私は一瞬瞠目した後、笑ってしまった。

そうだ。この子はそういう子だ。何だかんだ、私には甘くしてくれる。

「じゃあ、この世界のこと、ゲームのことを教えて」

「まぁ、そうなるわよね」

アリアはあらかじめ分かっていたかのように頷く。

そして自分の記憶を思い出すように視線を上に向けながら口を開いた。

「私はこのゲームが大好きだったから、推しに限らずすべてのルートを最低三周はしているわ」

「その執念には私も感心する。私はあなたの推しだったディラン様と、アスワド様のことなら知ってるけど、詳しいシナリオはアスワド様ルートしか知らないの」

私が王子をディラン様、と呼んだことにアリアは一瞬反応したが、言及されることはなかった。よしよし、こうやって名前呼びに自然に馴染んでいこう。

「そうね、じゃあまずは初歩的な攻略対象者から。ルートは全部で四つあって、それぞれ第二王子、幼馴染のイケメン騎士」

「えっと、第二王子がディラン様で、幼馴染のイケメン騎士がアスワド様よね」

「そう。そして三人目が、腹黒眼鏡の策士、シュヴァルツ・リーツィオ。最後の一人、ワンコ系チャラ男がシエノワール・マルキャス」

「え⁉　シュヴァルツ様が……？」

「攻略キャラから外れたからか、とんでもない塩対応だったわね」

まさか彼まで攻略対象者だったのか。顔はあり得ないくらい綺麗だし、そう言われれば確かに納得できてしまう。

そして、ワンコ系チャラ男が――シエノワール・マルキャス……？　マルキャスってどこかで聞いたことがある。確か、王家の誕生日パーティーで出会ったすっごく可愛い女の子――もとい男の子、の名字じゃなかった？

「シエノワールって……」

「え？　あぁ、チャラ男？　愛称はシエルだったかな。幼い頃に母親から性別を否定されて育ったせいで女が大嫌いなのよ。だから女を拾って捨ててを繰り返す屑野郎になったんじゃなかったかな。屑野郎がヒロインにのめり込んでいく過程がすっごい丁寧に描写されてて好きだったなぁ」

性別を否定された。つまり女として扱われていた。ってことは、やっぱり彼がシエノワールで、彼も攻略対象者だったのか!!

「うわぁ……」

「どうしたの？　もしかしてもう顔合わせ済み？」

「……そうみたい」

「え!?　すごいわね。まぁでも悪役令嬢だし、ベルティーアは全部のルート共通キャラだから面識あってもおかしくないか。恨みを買わなきゃいけないものね」

私はアリアをギロリと睨みつけた。

「うわ、その睨み超怖い」

アリアはわざとらしく体を震わせて怯えたように首を振る。

私は脱力したように椅子に深く腰掛けた。

「えーっと、安心してベル。各ルートの詳細はもう当てにならないと思うから、今さらあなたが悪役令嬢になったりしないわよ。まぁ、気になることがあればその都度聞いてよ。それより目下の問題は生徒会についてよね」

「それ、知りたいわ」

私が食いついたのを見てアリアはにんまりと笑う。

「まず、この聖ポリヒュムニア学園はちょっと特殊な学園でね。王国も不可侵の学校なの」

「それは聞いてる。でも、万が一の時はどうするつもりかしら」

「そこら辺がよく分からないの。なぜか国はこの学園に口出しできない。だけど貴族の子女には行くことが義務づけられている。まぁ、ゲームの設定上そうなっていると考えるのが妥当よね」

「私たち――登場キャラには、学園の裏事情は関係ないわよね？」

「ええ、ゲームでも触れられてなかったと思うし、よくある演出でしょ」

アリアにそう言われて私はほっと息を吐く。良かった。学園の裏側になんて絶対に巻き込まれたくない。

「本当は学園長がトップなんだけど、なぜか不在。ここら辺もゲームの設定のままだろうけどね。その中で学園の頂点に君臨するのが生徒会ってわけ。正式には生徒会執行部」

「へぇ……。確かに学園モノにありがちな話ね」

「教師も生徒も規則も統制するのがこの組織よ。彼らはこの学園を〝帝国〟って呼ぶらしいわ」

「王国が不可侵だから？」

「そう。自分たちの完全天下だからね」

なるほど、と相槌を打ちつつ自分で用意した紅茶を一口飲む。その間もアリアの説明は続く。

「生徒会に属するのは全部で五人。生徒会長、副会長、会計、書記、庶務。各々別名みたいなのがあるんだけど基本これで呼ぶから問題ないでしょ」

「役職の内容は？」

「前世の認識と全く同じ。特別なことはないわ」

本格的に学園モノである。思えば、ゲーム自体は学園を中心としたイベントが多かった。正直、中世ファンタジー設定、必要ないんじゃない？　と思うくらい日本色が強い。そもそも日本で作られたゲームなんだから当然か。

「ねぇ、一つ聞きたいんだけど」

「なに？」

「私、シナリオ通りに死んだりしないよね？　悪役令嬢らしいことなんて全然した覚えもないし」

ベルティーアとして生まれた時——いや前世を思い出してからずっと不安だったこと。もう、人生を途中で終わらせるなんてことしたくない。

アリアは少し驚いたように息を飲んだ後、ふわりと笑った。その顔だけ見れば本当に天使だ。私の可愛い義弟のウィルに勝るとも劣らない。

「死なないわ。大丈夫。色々と癖があるけど、あなたを一番に守ってくれる人がいるから」

そのアリアの言葉と表情に私はようやく安心できた。アリアが言うなら間違いない、と根拠もなく思えてしまう。

「一つでも選択肢を間違えたら豹変する可能性もあるけれど……」

「すごく怖いこと言うわね」

「いいえ、大丈夫よ。あなたにはヒロインである私がついているもの。たとえ王子相手でも、この学園内であれば負けたりしないはずよ」

「ディラン様と張り合ってどうするのよ。彼は私に酷いことをしたりしないと思うわ」

アリアの目を見てはっきり言い切ると、彼女はばつが悪そうに咳払いをした。

「ベルは王子のこと信頼しているようだけど……」

アリアは言いにくそうに視線を泳がせた後、覚悟を決めたように私を見つめた。少し緊張しているのか、真剣な眼差しをしている。

「実際のところ、あなたは王子のこと、どう思っているの？　婚約者なのよね？」

私が踏み込むことじゃないのは分かってる、とアリアは続けた。

しばらく考えた後、私は昨日一晩中考えていたことを恐々口にする。

「正直に、言ってもいい？」

「うん」

「どうしたらいいか、まだ分からない。決められない」

アリアは驚きもせずにうん、と頷いてくれる。

「私、学園に入学したらディラン様とヒロインが恋に落ちるから、それを邪魔しないように頑張ろうってずっと思ってた。だからディラン様に恋するなんてあったらいけないことだし、自分が辛くなるだけだからって、本当にディラン様との将来なんて何にも考えていなかったの」

アリアは時々相槌を打ちながら、じっと私の話を聞いていた。

「だから、いきなり本物の婚約者として接するべきかどうかなんて頭が追いつかないわ」

言い終わってから、じっと探るような視線を感じた。

「ベルはこのままいけば、王子と結婚して同じお墓に入るのよ」

「ええ、そう、なるわよね」

「ベルはさ、王子が自分のことをどう思っているか、考えたことある？」

「あ……」

ディラン様が、私をどう思っているのか。

政略結婚なんて前世ですらあまり聞かない単語で、私には全く未知の領域だった。

お前とは形だけの結婚だから、なんて言われて傷つくようなヒロインを漫画とかではよく見るけれど、恋心はあった方がいいのか、それともドライな関係を続けた方が幸せなのか、はたまた友人として適度な距離を保つべきなのか。

「ディラン様は、少なくとも友達くらいには思ってくれていると、思う」

「……友達ねぇ」

「それは断言できるわ。だって親友と言ってくれたもの……ただ、ディラン様は何を考えているか時々分からないのよね」

尻すぼみになる私の言葉に、アリアは困ったように笑った。

「大丈夫よ。ちょっと意地悪な質問をしちゃったね」

アリアはそう言って、急に居住まいを正す。

「私、アズに振り向いてもらえるように、今頑張っているの」

話題転換をするように明るい声色で一息に言ったアリアは、指を絡めだした。これは、照れている時の彼女の癖だ。

「私はヒロインだけど、ヒロインじゃないから。アズには『私』って人を好きになってほしいなぁって」

「あなたと恋バナをするのなんて数十年ぶりだけど、そもそもどうしてアスワド様を好きになったの？」

「正直最初は消去法で選んだの。でもほら、何年も幼馴染していると、ね。アズの優しさとか努力家なところに惹かれちゃって……」

顔を赤らめながら話すアリアに私は歓喜の悲鳴を上げた。恋バナに興奮する女子そのものだった。

「分かるわ！　アスワド様は素敵よね！　でも、ディラン様も良い方よ。前世の推しだったんだし、ディラン様を選べばよかったのに」

何気なく言った私の一言に、アリアは驚いたように目を見開いてから、何も話さなくなった。

しかし、しばらくして、小さく呟く。

「もう私たちって、前世と同じじゃないのね」

哀愁が混じった、悲しげな声色だった。

アリアの言いたいことは、何となくわかる。前世はずっと一緒にいたかけがえのない悪友だった彼女。でも、今は少し違う。

お互い大切に思っているけれど、すでに別の人生がある。

「逆に言うなら、ベルの推しはアズだったけど、今大切にしているのはきっと、王子との絆じゃない？」

「……そうね。そうかもしれない。今の私ならきっとディラン様を選んでしまうもの。彼って、放っておけないから」

まぁそもそも、ディラン様が婚約者という現段階で、ほかの男性にうつつを抜かすなど言語道断な立場なのだけれど。

「結局、ベルも逃げられないってことなのね……」

アリアのため息交じりの言葉に首を傾げる。

「逃げられないって、なにから？」

「え⁉　い、いや、王子ってゲーム内ではちょーっと嫉妬深いというか……それより、この前アズと校内を歩いてる時にさ……」

不自然な話題転換に違和感を覚えたものの、続くアリアの話に興味を引かれる。

その後は二人であれこれたわいもないことを話して、気が付けばかなり遅い時間になっていた。

「もう外が暗いわ。自分の部屋に戻らないと」

アリアはそう言って帰る準備をした。私も机にある空のティーカップを端に寄せる。

「ベル」

「なに？」

キッチンから顔を覗かせると、にっこり笑顔のアリアと目が合った。

「王子は色々と問題があるけれど……」

「問題ってなに⁉」

彼女は私の焦ったような声を聞いてくすくすと笑った。

「あなたが前世で付き合ってきたどの男よりも、王子が一番素敵だと思うわ」

「そ、そりゃあ、そうでしょうよ……」

「ふふ、じゃあまた明日！」

アリアは片手を上げて軽く挨拶をすると、颯爽と帰っていった。

ぼんやりとランプのついた長い廊下を可愛らしい少女が歩いている。少女は壁(かべ)を手で撫(な)でながら一人笑っていた。

「王子にはちゃんと許可をもらったから、ベルとの接触(せっしょく)は問題ないはず。王子の本性(ほんしょう)もバラしていないもの」

ふぅ、と深いため息をついてアリアは顔をしかめる。

前世の親友であるベルティーアと再会した入学式の日、なんとアスワドもベルティーアと会っていた。男子寮と女子寮の境目にある中庭で話そうとアスワドと約束をしていたアリアは、その話を聞いて失神しそうになったものだ。

アリアはベルティーアと違い、前世の記憶をはっきりと覚えている。元々記憶力が良いため、ゲームの内容も各攻略対象者のシナリオも大部分は思い出していた。

そんな彼女がなぜ推しであるディランを選ばなかったのか。

理由は簡単、彼の『本性』を知っていたからである。

ディランは賢(かしこ)くて冷たくて、どこまでも孤独(こどく)な人物だ。そのバックグラウンドまではゲーム内で明かされていなかったが、影のある性格ゆえに一番人気のキャラクターだった。

特に彼のルートのバッドエンドでは恐ろしいまでのヒロインへの執着が見られる。巧妙に選択肢を選び抜かないと見られない〝最高のバッドエンド〟は、一部のファン層に人気だ。

もっとも、アリアはそのエンドに恐怖しか感じなかった。あんなのは画面の向こうの設定だけで十分である。

そのため、アリアはディランを選ばず、一番誠実で無害そうなアスワドに決めた。

——しかし、学園に入学したらどうだ。悪役令嬢は前世の悪友で、しっかりディランの心を掴んでしまっている。彼女のことだから、ディランの孤独を知り、放置できなくて構ってしまったのだろうが。

アリアはディランの様子を見て軽く絶望したし、なんならベルティーアに合掌した。ご愁傷様……と。

ディランは闇堕ちしたら平気で人を殺すし、思い人に近づく男を許すはずがない。だからこそ、ベルティーアとアスワドを近づけたくなかったのだ。

アリアは入学式の夜のことを思い出す。ようやく再会できたアリアとアスワドのもとに、ディランが図ったかのように現れた。

『初めまして……と言っても、そこの彼とは先ほど話したよね』

ちらりとアスワドを見たディランに、アリアは血の気が引いた。すでにアスワドが目をつけられている。アリアとアスワドが絶句していることなど気にもとめず、彼は美しく輝く月を背に、まるで魔王のように恐ろしい忠告をしたのだ。

『俺のベルに手を出したら消すから』

満面の笑みで、しかし瞳には刃のような鋭さを浮かべながら。

「まだ完全に闇堕ちしていないのが救いね……」

回想から思考を戻し、これからのことを考えて深いため息をつく。

親友として、ベルティーアにすべてを話したい気持ちもある。しかしそのせいでベルがディランを拒絶したら……確実にアリアはディランから消される。

しばらく歩いているとコツコツ、と明らかに自分のものではない足音が聞こえた。アリアは警戒心を強め、目を凝らす。まだ就寝の時間ではないにしても、淑女が出歩く時間でもない。怪しい人物なら蹴りをお見舞いしてやろう。

アリアは咄嗟に曲がり角に身を潜め、腰を落とし、いつでも攻撃できる体勢になる。じっと息を潜めていると足音が大きくなった。どうやら近づいてくるようだ。これは怪しい。

壁に同化するように自分の気配を消していると相手があと数歩の距離に来た。アリアは飛び出して膝蹴りをしようと……。

「あれ？　アズ？」

「うわ!?　アリア！」

蹴りの姿勢で固まったアリアを見つめるのは、彼女の幼馴染であるアスワドだった。アリアは構えを解いて呑気に笑った。

「こんなところでどうしたの？」

「驚かすなよ！　お前を探していたんだ。ほら、今夜も中庭で話そうって言ってただろう？」

アリアは言われてから、そっと周りを見た。考え込んでいたせいか、中庭に通じる廊下まで来てしまっていたようだ。

いや、それよりも。

「ごめん、アズ。すっかり約束忘れていたわ」

悪びれもせずあっけらかんと言い放ったアリアを見て、アスワドはぐっと言葉を詰まらせ、諦めたようにガクリと項垂れた。

「はぁ、どちらにしろ会えてよかった」

「すごい偶然よね」

「お前なぁ……」

アスワドは呆れたようにため息をついたが、思い出したように胸ポケットからカードを取り出した。それは昼間、アリアたちがシュヴァルツからもらったのと同じものだ。

「明日の放課後に予定が入った。アリア、校内を見て回りたいって言っていたよな？　明日は難しそうだ」

アリアは慌ててスカートのポケットからカードを取り出した。アスワドはそれをじっと見てハッと顔色を変える。

「アリアも生徒会に……？」

「ええ、そうなの」

二人して顔を見合わせてゴクリと息を飲む。二人とも誘われるなど、偶然とは思えない。

「ま、まぁ明日生徒会室に行けばその理由も分かるわよね」

「殿下は恐ろしい方だからな……。あの冷たい視線を二度と味わいたくない」

あの夜、明らかに敵意を向けられたアスワドはディランに苦手意識があるようだ。

「とりあえず、今日は解散してゆっくり休みましょう」

アリアは眠たげにあくびをして、おやすみと言いながらアスワドに背を向けた。その瞬間、帰ろうとするアリアの腕をアスワドが摑んだ。

アリアは驚いて振り向く。アスワドからアリアに触れるのはなかなかないことだった。

「アズ……？　どうしたの？」

アスワドはアリアの腕を握ったまま、しばらく考えるように沈黙した。

「──もう少し、一緒にいたい」

アリアは顔がみるみるうちに熱くなっていくのが分かった。

こんな場面ゲームにあったっけ……とアリアに考える余裕はない。今はただ、好きな人に引き留められ、歓喜する乙女と化している。

「……少しだけよ」

アリアの言葉を聞いたアスワドは途端に表情を明るくして、嬉しそうに笑った。

学園の授業は家庭教師をしてくれたマーティン先生から習ったのとほとんど変わらず、しかも初歩的なものばかりだった。前世の知識もある私からすれば計算なんてお手の物だし、歴史もほとんど網羅してしまっている。

授業はあっという間に終わって放課後。教室でアリアと話していると、アスワド様が近づいてきた。

「お待たせしました」

どうやら私に言っているらしく、待っていたつもりのない私は首を傾げる。

アリアは「あまり遅くなっても悪いだろうし、さっさと生徒会室に行きましょう」と私たちを促した。

「え？　アスワド様もカードをもらったんですか？」

「えぇ、そうなんです」

アスワド様が鞄のポケットからカードを取り出した。三人揃って一体何の呼び出しなのだろうと思いながらアリアに尋ねる。

「ところで、生徒会室ってどこにあるのかしら？」

「確か特別棟の四階の中央じゃなかった？」

まだ入学して三日目で、特別棟まで行ったことはない。

アリアとアスワド様と学園内の地図を見つつ、大木が植えられた広場に辿り着く。すぐに思い出したのは銀髪の美しい方。そこは昨日の朝、ミラ様と遭遇した場所だった。

広場を通りすぎ、特別棟へ入る。普通棟とは格が違って豪華絢爛だ。

置かなくてもいいような大理石の像が等間隔に置かれ、天井は高い。見上げると教会の天井にあるような天使たちの絵がそのまま描かれていた。

貴族であるにもかかわらず三人できょろきょろと物珍しく見回してしまう。

「……なぁ、入り口がなくないか？」

アスワド様に言われて私たちはハッとした。中に入ったはいいものの、気が遠くなるほど長い廊下が続いているだけで全く扉が見つからない。気が付けばまたあの大木が植えられた広場に出ていた。

「……ああ、そうだったわ」

「何か知っているの？」

アスワド様と私が何かに気付いた様子のアリアを見る。

アリアは一瞬私をじっと見つめてから、そっと元来た道に戻っていく。私たちは顔を見合わせて同時に首を傾げてから、アリアの後を追った。

宮殿のような特別棟の廊下を半分くらいまで歩いたところで立ち止まる。

「この像ね」

アリアが指差した白い石像をよく見てみると、口が半分開いていた。

「この口にカードを差し込むの」

アリアは躊躇することなく自分のカードを像の口に突き刺した。その瞬間、カチッと音がして壁が動き出す。

石を削るような音を発しながら横にずれる壁は特別棟の内装には似合わず、まるでダンジョンのようだ。壁の向こうに現れた螺旋階段には赤いカーペットが敷かれており、その違和感に拍車をかけている。

「……アリア、どうして生徒会室の入り口が分かったんだ？」

アズは心底不思議そうにアリアに訊いた。アリアはにっこり笑って、「女の勘よ」と言った。アズはいまいち納得していないようだが、私は何となく察しがついた。

おそらく、ゲームの謎解き要素として出てくる仕掛けだったのだろう。アリアと一瞬目が合ったから、多分間違いない。私は全く覚えていなかったけれど。

「正解みたいね」

アリアの声に顔を上げると、螺旋階段の終わりで大きな両開きの扉が私たちを待ち構えていた。開けようと手を伸ばすと扉の方が先に開いたので驚いて飛び退く。

「いらっしゃいませ、ベルティーア様」

「シュヴァルツ様……驚かせないでください」

「申し訳ありません、タイミングが良かったものですから」

紅色の瞳がにこりと細められる。扉を開けたシュヴァルツは、上品な姿で立っていた。

「よくこの場所が分かりましたね」

「彼女が」

私がアリアの方を見て言えば、シュヴァルツは興味なさそうに頷いて「こちらへ」と中へ招いた。

大きな扉に続くのは再び赤いカーペットだったが、そこはまるで王城にある謁見の間のようだった。とはいえここに玉座があるわけはなく、代わりとばかりにさっきと同じような扉がその存在感を示していた。

「随分と豪華ですね。これで国が関与していないとはとても思えません」

「ええ、そうですね。と言っても、国が関与しないのは学園の方針や制度についてだけですから資金援助はしてくれていますよ」

「学園の統括は学園長が行っているんですか？」

突然私とシュヴァルツの会話に割り込んだアリアに、シュヴァルツはおもむろに足を止めた。そしてあぁ、貴女もいたんですね、と言いたげな顔をして頷く。

その表情にイラッとしたのかアリアの顔が険しくなるが、当人は飄々としたままだ。

「アリア嬢の言う通り、この学園のトップは学園長です。ですがここ数年は不在のため、生徒会長が代わりを務めています」

「君たちには関係のない話ですよ」とシュヴァルツは笑って締めくくった。

扉に向かって歩くシュヴァルツを見て、さっと隣にアリアが寄ってくる。

「昨日から感じ悪すぎ！　ほんとむかつく!!　ゲームではツンデレとか思ってたけど、いざ現実に現れるとただ失礼なだけじゃないの！」

「まぁまぁ……」

憤慨したアリアを何とか落ち着かせる。

その間、私はちらちらと周りを見て、壁に掛けられている装飾品を観察した。竜が柄まで伸びた剣と盾。あれは、外套……じゃなくてローブか。ほかにも海を描いた絵画や宝石を埋め込んだ像などが配置されている。

いよいよ奥の扉の前に辿り着き、シュヴァルツがノックをすると「どうぞ」と柔らかな声がする。

中に入ると書棚の前に置かれた机の上で手を組んだディラン様が微笑んでこちらを見つめていた。煌びやかな書斎で優雅に微笑むディラン様はまるで一枚の絵画のように美しい。

「ようこそ、生徒会へ」

ディラン様の両脇には見たことのない男女の生徒がいる。ディラン様は優しげに微笑みながら、私たちを見て言った。

「君たちを呼んだのは、俺たち生徒会に協力してもらいたいからなんだ」

「それは、生徒会の一員になるということですか？」

私がそう問えば、ゆらりとディラン様の視線が私を捉えた。ドキリとして足が半歩後ろに下がるが、彼は含み笑いをしただけだった。

「そうだね。そうなるよ」

「あの、ちなみに生徒会では何をするのでしょう？」

アスワド様が恐る恐るといった風に尋ねると、ディラン様ではなくその隣にいた褐色肌の青年が答える。

「基本的には学園の統括が生徒会の仕事だ。行事はすべて我々が手配するし、学園の予算や国に申請する費用も我々が管理する」

低い声だった。まるで砂漠の王様のような美貌だ。

「ああ、忘れていた。二人とも自己紹介してもらえないかな？」

「俺は、三年のグラディウス・シャトレーゼ。よろしく頼む」

「同じく三年のハルナ。よろしく」

砂漠の王様風の男性がグラディウスで、ディラン様をはさんで反対側にいる個性的な格好をした女性がハルナというらしい。

「二人は兄上の直属の部下で、生徒会には所属してないけど学園では俺に力を貸してくれているんだ」

「あぁ、それが主の命だからな」

「貴様は死にたいのか、グラディウス」

一オクターブ下がったと思われるシュヴァルツのドスの効いた声に、アリアとアスワド様はびくりと肩を揺らす。

「どうせ、ディラン様の監視でも命じられているんだろう！」

「……落ち着いてシュヴァルツ。そんなことないから……」

ハルナが柔らかく弁明するも、揉める生徒会を見たアスワド様の目がとんでもなく泳いでいる。

ここで上手くやっていけるか不安というのがありありと顔に書いてあった。

「まぁ、こんな感じだけど今のところこれといった問題もないから安心して。生徒会室は本棟にもあるから、基本的にはそこで活動するし、仕事も書類整理ばっかりだからそんなに負担になるようなこともないよ。……どう？」

にっこりと王子スマイルでディラン様はアリアとアスワド様を見る。

「ディラン様、私は……」

私には意思確認がなかったので、そっと挙手してみる。ディラン様は私を見るなり軽く手招きした。

素直に側に寄るが、もっと近づけと視線で促されたので机を回り込んで隣に立った。ディラン様は嬉しそうに笑うとそっと手を伸ばしてくる。その瞬間、バアン！　と爆発音のような音がした。

音がした扉からゆらりと現れたのはひらりと舞うドレス。一流のデザイナーが作ったと分かる綺麗なシルクのドレスだった。

緩くウェーブを描くバターブロンド。憂いを孕んだように伏せられた睫毛の隙間から煌めいた、チョコレートが溶かされたような瞳。陶器のような白い肌に薄く色づいたピンク色の頬と赤い唇。

「……天使」

アリアとはまた違う、神に愛された美貌。でも私は彼女……いや、彼を知っている。

「……シエノワール・マルキャス」

人騒がせな奴め、と呟いたディラン様にその場の全員が力強く頷いた。

「その格好はなんだ、貴様！」

シュヴァルツの怒号で生徒会室が揺れた気がする。激怒したシュヴァルツはシエルを引き摺って生徒会室の奥にある椅子に座らせた。女装姿のシエルは引っ張られてもすんと澄ましたままだ。

シュヴァルツの冷酷な印象があっという間に崩れ、アリアとアスワド様はただただ面食らっている。実は私もシュヴァルツがこんな風に声を荒らげるキャラだとは思っていなかった。

「校舎内でのドレスの着用は規則違反だ。制服に着替えてこい」

「やだぁ、乱暴な男ってきら～い」

シュヴァルツの剣幕にも物怖じしないシエルに、尊敬の念すら覚える。

「えっと、ディラン様。彼も生徒会へ招いたのですか？」

「うーん、そうなんだけど……。人選間違えたかも」

私の隣で座っているディラン様は困ったようにふにゃりと笑った。

「ディラン様、やけに上機嫌ですね？」

「うん、だってベルが来てくれたから」

ニコニコと笑うディラン様は私の腰を抱いて自分の方に引き寄せる。可愛らしく上目遣いをし、自分の頬を指して言った。

「いつもの挨拶は？」

「こ、ここでですか？」

「もちろん」

「で、でもほら皆さんいらっしゃいますし……」

恥ずかしくて視線を彷徨わせるとばっちりアリアと目が合った。アリアはすぐににやりと笑ってぐっと親指を立てる。私のことは気にするな、とでも伝えているのだろうが、気にするに決まっている。

さすがにここで頬にキスをするのは控えたいが、ディラン様は明らかに不服そうである。しばらく考えて、ディラン様の頭を撫でる。一瞬驚いたようだったが、すぐに甘えるように私の手のひらに頭を擦り寄せた。

「ディラン様。お楽しみのところ申し訳ないのですが、コイツを生徒会に入れるのは如何なものかと思います」

「うーん、どうしようかなあ。学力面では彼が一年の中で一番優秀なんだけれど……」

悩んだように首を傾げるディラン様に、ドレスを着ているとは思えない素早さでシエル

が近寄った。というか、シエルって頭いいのか。知らなかった。

「綺麗！　やっぱり殿下、とっても美しい方だわ！」

「ありがとう、君もとても素敵だね」

「きゃあああ！」

シエルはどんな声帯をしているのかと思うほどの黄色い悲鳴をあげる。

「いい子みたいだし、いいんじゃないかな」

「どこをどう見てそう思ったんですか」

「色んな意味で純粋そうだし」

「ただ馬鹿なだけですよね？　というか、生徒会は本来五人ですし、これ以上必要ないかと」

「人手は多い方がいいからさ」

「いや、もはや過多だと思うのですが」

シュヴァルツの言い分をディラン様は軽く躱す。むっと顔をしかめたシュヴァルツは心底シエルが気に食わないらしい。

「では、これでどうかな？」

テノールの、男性らしい声が耳元で響く。驚いて視線を上げると長髪の綺麗な男性が私の至近距離に立っていた。

いつの間に、と思える速度で早着替えをしたらしい。シエルは男性用の制服姿になっていた。私がポカンとしているとぐいっと腰を引かれる。

「シエノワール、俺の婚約者に触るな」

「ああ、これは失敬、殿下。彼女には遠い昔にお世話になっていましてね。僕が男で驚きましたか？　ベルティーア様」

「いえ、知っていました。シエル、ですよね？」

「あぁ！　光栄です！」

そう言って彼は、感涙に咽び泣き始めた。どうしよう。癖が強いとしか言えない。会話をするだけで生気を吸いとられるような人物だ。

「ベル、彼に会ったことがあるの？」

「はい、誕生日パーティーの時に」

「……あぁ」

ディラン様はその時のことを思い出したのか、嫌そうに顔をしかめた。

「君はとても綺麗だね！」

先ほどまでのオーバーリアクションはどこへやら。シエルは楽しげに今度はアリアに絡んでいる。

「この綺麗な桃色の髪も、金を溶かしたような瞳も、この世のものとは思えないほど美しい」

「えへへ、でしょ！　私の自慢なの！」

「アリア！」

シエルとアリアの間にアズが体を滑り込ませ、威嚇するように睨む。攻略対象者の一人と聞いてはいるが、シエルの様子はヒロインのアリアに心酔するようなものではない。同様にもう一人の攻略対象者であるシュヴァルツも、アリアが視界に入っていないのかというくらい冷たい印象だった。

これは本格的に、アスワド様ルートに入っている証拠だ。

わぁわぁと騒がしいアリアたちを見て、シュヴァルツの額に青筋が立っている。そろそろ彼の怒りが爆発するんじゃないだろうか。

ふと見れば、グラディウスとハルナはすでに生徒会室からいなくなっていた。

「ベルは秘書ね」

「へ？　秘書？」

状況についていけない私にディラン様が声をかける。

「秘書ってなにをするんです？」

「俺を癒す」

「そんなの生徒会の仕事じゃないです」

顔をしかめて拒否すると、じゃあとディラン様は卓上の書類の束をちらりと見た。

「俺の仕事の補佐」

にこりと笑ってのたまうディラン様に、私は曖昧な笑顔を浮かべるしかない。ディラン様の仕事の補佐は、シュヴァルツの仕事ではないのだろうか。私にできる気はしないのだけれど。

「お茶を出したりするのはどうでしょう？」

「あ、それいいね」

採用、とばかりにディラン様の顔がほころぶ。そして、騒がしいアリアたちを見て手を叩いた。

「そこまで。元気なのはいいことだけれど、まだ仕事があるんだ。続きは生徒会室の外でしてくれると助かるよ。今日の話はこれでおしまい。もう帰ってもらって大丈夫だよ」

その言葉に促されるように、アリアたちが退出した。シエルも当たり前のような顔をして後について行っていたけど、仲良くなれるのだろうか。

シュヴァルツはこの場に残ろうとしたが、ディラン様がもう帰って休むようにと指示を出せば、渋々退出した。

みんながいなくなると、ディラン様は今さらのように私を見た。

「ベルはアリア嬢たちと帰らなくてよかったの？」

「え、私も帰ってよかったんですか⁉」

「いてくれるなら嬉しいけど、俺はこの仕事を片付けないといけないから」

てっきりディラン様と二人でお話しするのかと思っていた。本当に仕事が忙しいようだ。

「……せっかくなら、お茶淹れましょうか？」

「いいの？　助かるよ」

ディラン様はくすぐったそうに笑った後、すぐに仕事にとりかかった。私は生徒会室に隣接している簡易キッチンでお茶を淹れて、書斎机に運ぶ。自分の分のお茶を持って、彼の机の前に置いてあったソファーへと腰掛けた。

仕事を捌くディラン様の表情は真剣そのもので、昔の幼さはどこかへ消えていた。ぺったんこだったはずの喉元は、男性らしい喉仏が出っ張っている。可愛らしく丸かった輪郭も今では精悍な顔立ちで美しさに凛々しさも混ざった、まさにイケメンと言うに相応しい顔つきである。

大人になったのだと改めて感じ、男性らしくなった体つきにドキリとした。袖から伸びたゴツゴツした手元だったり、悩んだ時に唇をいじる癖だったり、時々覗く鎖骨だったり……を意識し始めたらきりがなくて、なぜだか途端に恥ずかしくなった。顔を赤らめないようにきゅっと唇を結ぶ。

私がじっと見ていたのに気が付いたのか、ディラン様と視線が交わる。

「どうかした？」

「い、いえ……。仕事をしているディラン様が新鮮だな、と」

「……見惚れた？」

ディラン様が冗談めかして言ったのは声色で分かったが、完全に図星であったため一気に体温が上がった。異性として意識していたのが見透かされたようで、穴があったら入りたいほどの羞恥に襲われる。

私の反応が想定外だったらしいディラン様は、意外そうに私を見ていた。それがまた羞恥を煽る。

「いえ、そんな目で見ていたわけじゃないですよ。ただ、大きくなったなぁって思っただけなんです！」

「ふ、ふふ、なにそれ」

ディラン様は椅子から立ち上がり、私に近づいてくる。私の座るソファーに手をかけ、頬を撫でた。

「本当に、それだけ？」

耳元で囁くように言われれば、赤面するほかないのではないだろうか。私はボンッと音が出そうなほど真っ赤に染まった。

ディラン様は笑っているが、こっちはそれどころではない。あうあうと言葉にならない鳴き声を発しながら状況に適応しようと必死だ。

「ね、明日ベルの部屋に行っていい？」

「えっ⁉」

こっそりそう言ったディラン様に私は過剰に反応した。彼は楽しそうに私を見ている。

私は彼とどうなりたいのだろう。どうなるべきなのだろう。

この世のものとは思えないような美貌を眺めながら、突然そんな疑問が頭に浮かんだ。

彼の柔らかい微笑みや溶けるような甘い声を聞けば、私ではなくとも誰だって陥落するだろうに。

ディラン様は私を見ていた。

青く澄み渡る瞳で、いつもと変わらない、優しい笑みを湛えて。

「君と一緒にいたいんだ」

神に愛された麗しい顔を紅潮させて唆すように彼は囁いた。従順に、ディラン様は私の許可を待った。

これが、情なのか、恋なのか、私には分からない。胸に渦巻く激情を理解すればもう戻れない、と胸のうちで誰かが囁いた。

頭を空っぽにして、私はこくりと頷いたのだった。

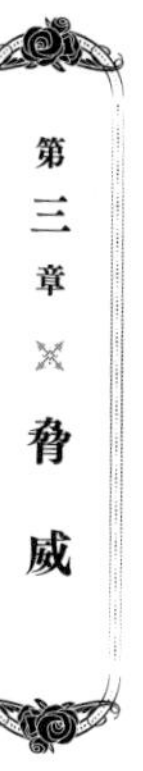

常識的に考えて、ディラン様が私の部屋に来るのは大変まずい気がする。

「別にいいんじゃないの？」

「……え」

恥を忍んでアリアに相談すれば、素っ気なく言われた。口に運ぼうとしていたパスタを持ったまま固まる。硬直した私を見て、アリアは呆れたように肩を竦めた。

「約束したんでしょう？　承諾したってことはベルも嫌じゃないってことだろうし、王子はあなたの嫌がることはしないと思うわ」

学生がひしめく食堂で、私とアリアは一つの机を囲んでひっそりと昼食をとっている。前世のような光景に少し懐かしさを覚えた。さすがに貴族が通うだけあって、メニューはシェフが作った本格的なものだけれど。

「でも、よく考えたら思春期の男子を部屋に招くなんてよくないと思うの」

「そうかしら？　結構みんなしてるわよ」

「みんな……？」

「貴族といっても、所詮は男女だし、結局生徒たちも子どもなのよね。欲と好奇心に勝てない人もいるってこと。貴族のパーティーとかでも逢瀬専用の部屋があるでしょ？　つまりはそういうこと」

アリアはステーキをぱくりと食べて言った。

私は驚きのあまり絶句する。貴族として教育を受けた以上、貞操観念は皆しっかりしているものと思っていた。

「……もしかして知らなかった？　いつからそんな純粋培養に……」

「社交界のパーティーにはあまり出たことがないの。ディラン様がいる時にしか参加できないから」

「──あぁ、なるほどね。うん、わかった。王子がどれだけあなたに入れ込んでいるか、よく理解できたわ」

アリアはそっと私から視線をそらし、乾いた笑いを零した。

「それにしても、前世ではそれなりに恋愛を経験してきたくせに、急に初心になってどうしたの？」

「いや、それが分からないのよね」

当たり前だけれど、私は恋を知らない無垢な少女じゃない。知識も経験ももちろんあるし、十六歳の男の子が部屋に来るくらい、今さら動揺することでもないはずなのだ。

しかも相手は婚約者。婚前に不埒なことをするのはもちろん良しとはされないけれど、厳密に禁止されているわけでもない。

うーん、と考えながらパスタをフォークに巻いているとアリアのじっと見つめる視線を感じる。

「王子のこと、意識してる？」

「……多少は」

ヒロインが騎士ルートに入った今、ディラン様とは〝本当の意味〟で婚約者になったということ。これで意識しない方がおかしい。急に恋人ができたようなものだ。しかも、長年友達だと思っていた男の子。生意気で、私をからかうことが好きだったやんちゃな姿もはっきりと覚えている。

付き合いが長いからこそ、ディラン様に嫌われていないと確信は持てる。婚約者としてはとても良好な関係を築けている方であろう。しかし、それが恋愛感情から来るものなのか、ただ流されているだけなのか、判断できない。

私にとっては婚約者やらお見合いやらの経験がないため、まだ距離間を測りかねていた。

「またごちゃごちゃ考えているでしょ」

「うっ」

「ベルは、考えなくていいとこまで考える癖あるから。だいたいのことは、フィーリングで生きていけるわよ」

この肉うまっ！　と感動するアリア。逆にここまで感情任せに生きている人も珍しいと思うのだけど。

「最悪、肉体言語」

「それはやめて」

「大丈夫よ。私の拳を受ければみんな納得してくれるわ」

ふんっと鼻息を荒くして力説する彼女は本当にそう思っている節があるからたちが悪い。そもそも令嬢はそんなことしない。

「さすがに恋人でもないから、部屋までは行っていないけど、アズとは寮の近くにある中庭で毎晩話しているわよ」

「毎晩⁉」

思わず叫んで、慌てて口を手で覆った。

「声が大きい！」

「ご、ごめん……。毎晩ってすごいわね。何を話してるの？」

「うーん、最近起こったこと……とか？　そんな大した話はしてないわよ」

アリアはおかしそうに笑った後、意地悪く口の端を持ち上げた。

「でも、ベルだって王子とこっそり会ってるでしょう？」

「……！」

ズバリ言い当てられ、咄嗟に否定も肯定もできない。アリアは分かっている、とでもいうように深く頷いた。

そう、アリアの言う通り、実は休み時間にディラン様に誘われて会うことがある。ディラン様が魔法で作った秘密基地を模した空間で、それはもう好き勝手に触れられたり囁かれたりするのである。恥ずかしすぎるから、誰にもバレたくなかったのに。

「……どうして分かったの」

赤くなった顔を隠すように両手で覆いながら尋ねる。アリアはステーキを咀嚼しつつ、自分の首元を指さした。

条件反射で、今度は顔ではなく首を隠す。さっきよりさらに体温が上がった気がする。

「それ、キスマでしょ」

「見えてるの⁉」

「ちらっとね。近寄らないと分からないと思うけど、しっかり意図的に見える位置に付けられてるわよ。本当、独占欲の塊みたいな人ね」

羞恥心に悶えている私に、アリアが核心を突いた言葉を放った。

「でもさぁ、正直、結構嬉しいでしょ」

「なっ……はぁ⁉」

「動揺するってことは、これは図星かしら？　一体二人でどんなことしているんだか。——でも、いいことよ。私もあなたも、昔とは違うんだから。十五歳を繰り返しているのなら、後先考えずに突っ走るのも青春じゃない？」

アリアは楽しそうに笑って、ステーキの最後の一口を口に詰め込んだ。数回噛みしめてから、やっぱり美味しいと幸せを甘受していた。

控えめなノックで、ふと意識が浮上する。課題を終わらせている途中で寝てしまったようだ。とりあえず返事をして、扉を開けた。

「ディラン様⁉」

「ベル、そんな不用心に扉を開けてはいけないよ。誰が来たのか確認しなくちゃ」

「は、はい。あ、ちょっと待ってください！　部屋を片付けるので！」

時計を見ると十八時で、確かにそのくらいに来ると言っていた。

完全に寝過ごしてしまったようだ。慌てて室内に戻り、課題を片付けて、飲みかけの紅茶もキッチンへ持っていく。

「お待たせしました……」

「ごめんね、もしかして寝てた？」

「え、分かりますか」

「寝癖」

ディラン様はくすくすと笑って、私の前髪を整えてくれる。時折額に触れる指が温かくて、なんだかドキマギしてしまった。

指が輪郭をなぞるように滑り、そっと頬にキスをされた。

呼吸を飲むように息を止める。至近距離で微笑むディラン様は言葉では言い表せないほど麗しかった。

「ほら、ベルも」

甘えるように上ずる声に思考が停止したまま、そっとディラン様の頬にキスをした。彼は嬉しそうに破顔して甘やかすように私の頭を撫でる。

耐えられず、顔を背けてなんとか話題を探した。

「あ、あの、紅茶と、珈琲はどちらがいいですか？」

「うーん、紅茶がいいかな」

赤い顔をして足早に部屋に引っ込んだ私を追ってディラン様も中に入る。

いつも生活している部屋に彼がいるのはなんだか不思議だった。

ディラン様はアリアと違ってちゃんと客人用のソファーに座った。紅茶を出して、私も向かいの席に座る。

こうして自室で二人きりになると、いつも以上に緊張する。部屋に来たいということは、つまりあれやこれやを覚悟しなくてはならないということだろうか。

いや、覚悟って、婚約者になっといて今さらよね……!?　でも、アリアがアスワド様を選んだ時点でほぼ確実に私たちは結婚するわけで――。

「でね、今日はベルにちょっと聞きたいことがあってね」

「あ、はい！　なんでしょうか？」

「ベルは、ミラ・シャトレーゼって知ってる？」

まさかその名前をディラン様の口から聞くことになるとは思わず、瞠目する。

「……王太子殿下の婚約者様ですよね？」

「そう。兄上の婚約者であり、名門シャトレーゼ公爵家の長女だよ」

ディラン様は神妙に頷いた。

「彼女はね、この学園にいるんだ」

「……一度、お話しする機会がありました」

私の言葉に驚いたのか、ディラン様は「えっ」と声を漏らした。

「彼女に会ったの？　なにかされなかった？」

「むしろ、道に迷っていたところを親切に教えていただきました」

一度見たら忘れられないほど美しい方だった。陽だまりのように淡く微笑みながらも、私を見つめる瞳には慈悲とは違う何かがあるような気がしていた。

ディラン様はしばらく考え込んでから、私を力強い眼差しで見る。

「彼女との接触は、極力避けて」

「接触を避ける……？」

「彼女はこの学園では最年長者で、家柄のこともあって生徒会と同等の勢力を持つんだ。厄介なことにね」

なるほど、と相槌を打つ。王太子の婚約者ということは、次期王妃の座を約束されたも同然の立場だ。そんな彼女におもねろうと今から取り巻きができあがっていてもおかしくない。

「正直、俺もあまり逆らえない。下手したら王宮内での権力なら王子である俺よりも彼女の方が上だ。でも、学園内であれば俺の方が上。生徒会が学園のトップだからね。それで勢力が拮抗してしまっているんだよ」

ディラン様は脱力したように椅子に背を預けてため息をついた。

なんとなく疲れているように見える。

「ミラ様と何かあったんですか？」

「――彼女には随分と世話になったよ」

ディラン様は皮肉げな笑みを浮かべ、空っぽの瞳を虚空に向けた。その表情は、王宮のことが絡んだ時にしかしないものだ。ミラ様ももしかしたら、ディラン様が王宮で孤立した要因に関わっていたのかもしれない。

「彼女は優しげに見えて、そうではない。この前、ベルに会わせてほしいと生徒会に来たんだ。まさかまだこっちに干渉しようとしてくるなんてね……。去年は大人しかったくせに」

「……だから、接触してほしくないと」

「そう。ベルに近づかせたくない。ただ、無下にはできない人でもあるから、話しかけられたとしても適当に流してほしい。……ごめんね。こんな面倒なこと頼んで」

ディラン様は立ち上がって、私の座っているソファーの隣に腰掛けた。えっと驚く暇もなく、距離を詰められる。

「義姉上は容赦がないからね。俺のことも嫌っているようだから、ベルになにかするんじゃないかと心配で」

「あの、ディラン様、顔がちかっ……。真面目な話をしている最中では⁉」

こちらに向かってぐいぐい来るディラン様に我慢ができずに声を上げた。

眩しくなるほど綺麗な顔が眼前に迫り、耐えるように目を瞑った。こうなったら逃げられないことをよく知っている。

「く、ふ、ふふ」

押し殺したような笑い声が聞こえて、目を開けるとディラン様が堪えきれないという風に笑っていた。結果的に自分が首を晒すように顔を背けていたことに気付き、かぁっと顔が赤くなる。

「か、からかっているんですか⁉」

「そんなことないよ。期待してくれているのかなって」

「もう！　退いてください！」

渾身の力でディラン様の体を押し戻そうとするが、さらに体重を預けてきた。

「お、怒りますよ！」

「それは困るな」

ディラン様は思いのほか、あっさりと身を引いた。急に離れていく体温に、体が寒いような気持ちになる。

「そんな寂しそうな顔をしないで」

ディラン様は心底嬉しそうに笑った。そんな顔をしたつもりなどないのだが、距離が離れて寂しくなったのは事実である。

満面の笑みを浮かべたディラン様はゆっくりと私の首筋に顔を埋めた。肌を吸われる感覚に慣れる日なんて来るのだろうか。

今日も完全に敗北したような気持ちで言葉を発せなくなった私を見ながら、ディラン様は満足そうに、髪を撫でる。

「意識してもらえているようで嬉しいよ」

耳元で囁く彼の声が、いつもより甘さを含んでいるように聞こえた。

学園に入学してから早三か月が経った。クラスにも慣れてきて、生徒会の秘書というよく分からない仕事も、いつの間にか当たり前にこなせるようになっていた。

渡された書類の中に紛れていた資料に目がとまる。

「ダンスパーティー？」

思わず声に出してしまったため、生徒会のみんなの視線が私に集中する。

私の問いにシュヴァルツが答えた。

「そのままの意味ですよ。一年生が知らないのも当然ですが、この学園では毎年生徒会主催で、ダンスパーティーが開かれるんです。まぁ、一つの大きな行事と思ってもらって構いません」

シュヴァルツいわく、ダンスパーティーは約二か月後に行われる学園きっての一大行事で、その管轄は当然のように生徒会なのだとか。

実はディラン様の方ですでに準備はしていたらしい。日本で言う文化祭のようなものだろうか。

男性が女性にダンスの申し込みをし、女性の承諾を得られれば二人は晴れてパートナーとなる。このパートナーが重要な意味を持つようで、将来の結婚相手になるという言い伝えまである。片思いをしている生徒からしたら一世一代の大イベントだ。

相手が見つからなかった人はただ見ているだけとなるため、即席のパートナー契約なんかもあるらしい。それで将来の結婚相手が見つかることもあるため、この日に賭けている生徒も多いらしい。

バイキング形式の食事があると聞いて飛びついたのはアリアである。

「やった！　美味しいご飯だ！」

「お前はいつも食事のことばかり……。ダンスのパートナーのこととか」

「いいじゃない！　美味しいものを食べた方が人生が豊かになるわよ！」

残念ながらアスワド様の言葉はアリアの元気な声に掻き消され、彼女に届くことはなかった。なんだかんだとアリアが鈍感ヒロインをしていて、見ているこっちはとても面白い。

「高級料理も美味しいけれど、最近はラーメンが食べたいのよね！」

「らあめん？」

不思議そうな顔でアリアの言葉を復唱したのはシエルだ。生粋の貴族であるシエルはラーメンなど知らなくて当然だろう。それ以前に、この世界にラーメンなんてあるわけがない。

「ラーメンってね、スープに麺が入ってる食べ物なんだけど……。あ、町の屋台にはあるわよ」

いや、あるんかい！　と私が心の中で盛大に突っ込んだのもつかの間。

「町？　もしかして、アリアは元平民なの？」

シエルの驚いた声に、生徒会一同が静まり返る。

ちょっとハラハラしたのはここだけの秘密だ。貴族の中にはもちろん平民を見下す人もいるから。シエルがそんな人物ではないと信じたいが……。

「そうよ。悪い？」

アリアはドンッと胸を張って威張るように言った。シエルは大きく頭を振る。

「悪いなんてことないよ！　ただ、僕はあの場所にはあまり近づけないのさ」

「どうして？」

「美しくないからだよ！」

「はぁ？」

「でも確かにアリアは言動が乱暴で令嬢らしくないもんね！」

「やめろ！　アリア！　図星だからって手を出したらだめだ！」

　咄嗟に止めに入ったアスワド様は偉い。もちろんアリアも本気で怒ったわけではないようで、きぃきぃとじゃれる三人は意外とウマが合う。

「うるさい！　お前らは静かにできんのか！」

「違うんですよ、シュヴァルツ様！　シエルがうるさいんです！」

「いや、どう考えてもアリアが一番うるさいと思うな」

「なんですって⁉」

　シュヴァルツも参戦し、最早収拾がつかなくなっている。

　元気だなぁ、と思いながら、書類整理の手伝いをする。生徒会で私はディラン様の側に控えるので、本格的に秘書感が増してきたな、と思う今日この頃である。

　彼らの掛け合いを止めるのは、結局生徒会長の鶴の一声。

「そこ三人。そろそろ黙って仕事してくれないか？」

　いつも穏やかな人が怒ると怖いとはこのことである。ディラン様が威圧感を醸し出しながら三人を窘めると、みんなしょぼんとして仕事に戻る。

　ディラン様は疲れたようにふぅと息を吐いた。アリアたちが生徒会に入ってから、余計な仕事が増えたんじゃないかしら？

「ベルー、癒して」

そして仕事が終わると、決まって彼は甘えた声を出す。

私がむっつりと口を閉じていてもつんつんとちょっかいをかけてくるのだ。

もちろん労りたい気持ちはあるし、甘えられることは全く嫌ではない。しかし、生徒会室にはほかのメンバーもいるのだから、少しは自重してほしいとも思う。

「ここでは駄目かぁ。じゃあ、ちょっと仮眠室行こう。ベル、一緒に来て？」

そう言ってふらりと立ち上がったディラン様は、奥にある仮眠室とは思えない豪華な部屋へ行く。どうしても仕事が終わらない時にはここで寝泊まりすることもあるのだとか。

学生とは思えない……どれだけブラックなのだ。

「私にしてほしいことはありますか」

「膝枕」

この流れも同じ。ディラン様はなにかと膝枕を所望する。これもなかなかに際どいが、まぁ周りに人がいなければ問題ないだろうと勝手に納得していた。

「皆さん」

ディラン様の後について仮眠室に入る前に、私は再び騒がしくなった生徒会メンバーへ声をかける。私の小さな声にも反応して、皆が動きをピタリと止めた。

「ディラン様がお休みするので、静かにしていてくださいね？」

にっこりと微笑むと、みんな素早く口を閉じてこくりと頷いた。私はそれを確認してから部屋に入る。部屋の中は眠りを促すようなオルゴールの音が響いていた。


一方、ベルティーアに圧をかけられた生徒会室内はしばらく沈黙が流れる。キョロキョロと視線を動かしたアリアはその沈黙に耐えきれなくなったように潜めた声を発した。

「ねぇ、あの二人って本当に膝枕しているだけなの？」

アリアの言葉にアスワドは分かりやすく顔をしかめた。

「下世話だぞ。殿下は疲れていらっしゃるんだ」

「でも、殿下はベルのこと大好きなんだよ？」

「……そこは……素直に尊敬する」

「すごいわね……愛の力？」

ひそひそと二人が話している背後に、ぬるりと影が忍び寄る。次の瞬間、ごちんっと音がした。

「いた！」

「いっ」

「ひそひそとうるさいぞ」

シュヴァルツの拳骨である。仮にも令嬢にその扱いはなんだとアリアはもの申したくなったが、墓穴を掘ることは間違いないので黙っていた。

「だいたい、お前らは！」

「シュヴァルツ、声を荒らげるな」

さらにお説教しようとしたところをグラディウスに遮られ、シュヴァルツは分かりやすく不機嫌になった。

「お前に指図される覚えはない」

「騒げば、皆ベルティーア嬢にお叱りを受けるぞ」

ベルティーアは、怒ると怖い。それは生徒会の共通の認識だった。

一度ディランが寝ている時にアリアとシエルが騒いで、それを咎めたシュヴァルツにグラディウスが余計なことを言い、てんやわんやの大騒ぎになったことがある。その騒音でディランが目を覚ました時の、ベルティーアの怒りは凄まじかった。

こんこんと説教するその迫力に、皆は厳しい母の顔を感じたという。

その日から、生徒会はディランが寝ている間は騒がしくしないことが不文律となった。

「……黙って仕事をしますか……」

ポツリと呟いたシュヴァルツの言葉に反論する者は誰もいなかった。

ダンスパーティーまで残り一か月を切った。

生徒会の忙しさは尋常ではなく、会場の設営から花火の手配までやることが盛りだくさんである。仮眠室で休む人も増え、みんな死んだ魚の目をしながら必死に働いていた。

そんな中でもディラン様は弱音一つ吐かず、人の倍の仕事をこなしている。もともと頭が良く要領がいい方ではあるのだろうが、それにしてもすごい。陳腐な言葉だけれど、尊敬できるし、憧れる。

こんな優秀な人が私の婚約者だなんて信じられない気持ちにすらなった。

そんなことを考えながら、足早に廊下を歩く。日直だったことをすっかり忘れており、生徒会室に行くのが遅れてしまったのだ。

ディラン様は私が作ったお菓子しか食べないので、早く持って行かねば。生徒会のみんなにバレると殿下だけ特別扱いだのなんだのと文句が出るので、いつもナイショで用意する。以前ほかの人に見つかった時にまぁいっかと分けてあげたのだが、その後のディラン様の機嫌がとんでもなく悪くなったため、それから手作りのお菓子はディラン様だけに渡すようにしていた。

「もし」

リン、と鳴る独特の鈴の音がして、足を止めた。

自分を呼んだわけではないかもしれないのに、反射的に振り返った。

視線の先にいるのは美しい女性。――ミラ・シャトレーゼ。

思わず体を硬くする。まさかあちらから接触してくるとは思っていなかった。

「ごめんなさい。急いでいたかしら？」

「……い、いいえ。私に何かご用でしょうか？」

少し考えてから、返事をする。すぐに断っても良かったのだろうが、なぜか気が引けた。

「前にお会いしたのを覚えているかしら？　わたくし、貴女と話がしたくて参りましたの。どうか、わたくしの話し相手になってくれない？」

するりと近づいて、彼女が囁くように問う。

まるで毒を飲んだように彼女の声が脳内で反響して……気付けば素直に頷いていた。

すぐさまディラン様から接触しないよう言われたことを思い出し、慌てて否定を口にする。

「あ、あの、実は生徒会の仕事がありまして……」

だが、ミラ様は不思議そうに首を傾げた。

「貴女がいないとできない仕事なんてあるのかしら？」

彼女の腕輪が音を立て、鋭い鈴の音が鼓膜を震わせる。

「それは……」

「婚約者同士、話したいことがたくさんあるの」

ミラ様は強引に話を進めると、すべてがどうでもよくなりそうなほど麗しい笑顔を私に向けた。

「わたくしは体が弱いので……わたくしのサロンで話しませんこと？」

「……サロン？」

聞いたことのない単語に首を傾げると、彼女はリィンと鈴の音を鳴らしながら本棟の生徒会室とは反対方向へ歩く。ついてきたら分かるわ、と美しく微笑まれれば、従う以外の道はなかった。


ミラ様と最初に遭遇した広場を抜けて、ベルサイユ宮殿のような特別棟に入る。本来の生徒会室がある場所だが、生徒会執行部のみが持つ専用のカードがなければ入れない。

まさかその生徒会室に行くつもりなのかと戸惑っていると、ミラ様はさっさと特別棟の裏に回る。慌てて追いかけるとそこに大きな扉があった。

「こんなの、前はなかったのに……」

「ふふ、わたくしが通ると現れるようになっていますの。あとはわたくしの愛し子たちが使う時に現れますわ」

愛し子。一体誰のことを指しているのだろう。

少し引っかかりを覚えたが、適当に相槌を打って先へ進む。

「サロンは魔法でできているのですか？」

「先人が残したものだと言われているけれど、詳細は知らないの。ごめんなさいね」

ミラ様はこちらを見ずに返事をして扉を開ける。あまりに突然扉が出てきたからそう思ったけれど、魔法は王族しか使えないんだった。

「わ、ぁ……」

大きな両開きの扉の向こうには、宮殿のような特別棟に相応しい応接間があった。

全体が温室のように花で溢れている。大きなテーブルから小さなテーブルまで趣向を凝らした芸術品とも言える美しい家具が室内をますます高貴なものにしていた。

中央の机にはたくさんの可愛らしいお菓子が並べてあって、私は無意識のうちに自作のお菓子を鞄の奥に押し込んでいた。

「さぁ、ベルティーア様。お掛けになって」

一番奥の特別大きなソファーの向かいに座るように言われる。

なんだか心労で一気に老けそうだ、とげんなりとした心地で腰掛けた。

「紅茶も出せなくてごめんなさい。いつもは愛し子たちが出してくれるのだけれど」

どうもわたくし一人では勝手が分からなくて、と彼女は困ったように笑った。

「ベルティーア様は生徒会に入っていらっしゃるでしょう？　どのような役職についていますの？」

「えっと、秘書という立場になっています」

「秘書？　何をするのかしら？」

「主にディラン様の仕事の補佐、でしょうか。後は給仕のような……」

言ってからすぐに後悔した。こんなの、雑用と自ら申告しているようなものではないか。

「まぁ、すごい！　貴女はお茶を入れることができるのね！」

私の予想とは違い、ミラ様はキラキラとした目で私を見た。ほっと胸を撫で下ろす。

「あまり役に立っているようには思いませんが……」

「そんなことないわ。ディラン殿下もきっと助かっていらっしゃるわよ」

女神のような彼女に微笑まれると、まるで浄化されたような心地になる。

気持ちがよくて、体が軽くなった気がした。

「そんな、光栄です」

「わたくしも、ギル様のお役に立ちたいわ」

ミラ様が、ふと声のトーンを下げて寂しそうに言う。ギル様とは、ギルヴァルト王太子殿下のことだろう。ミラ様の表情はどこか晴れなくて、なにかを憂いているようだった。

「……わたくしは、体が弱くてかの方にできることは多くはないの。だけどギル様のためなら、なんでもしたい」

彼女はふわりと微笑んで、泣きそうに目を細める。

「貴女もわたくしと同じでしょう？　ディラン様を、愛しているのでしょう？」

私はすぐに言葉を返せなかった。

愛しているか。

心から王太子を慕い、本気で力になりたいと思っているミラ様相手に、曖昧な返答をしてはいけない気がして軽率に答えることができなかったのだ。

中途半端な今の気持ちを彼女に打ち明けるのは、とても恥ずかしいことのように思えた。

「……ベルティーア様？」

「あ、ごめんなさい。少し考え込んでしまって」

薄紫色の瞳にじっと見つめられてたじろぐ。

なぜ、こんなに心が乱されるのだろうか。

「よかった」

ぽつり、と呟いたミラ様の言葉がやけに耳に残った。縫い止められたように彼女から目がそらせない。

「……え？」

「貴女は、ディラン様に愛をお持ちではないのね？」

どきりとして、すぐさま立ち上がった。

「そ、そんなことはありません！」

「友誼や同情だけでは、お互い苦しいだけではありませんこと？」

私はぐっと奥歯を噛みしめて、手を強く握る。図星だった。

「王族の婚約者、というのは王家にとっても国にとっても大きな意味を持ちますわ」

「それは、そうですが……。ディラン様に対して愛がないだなんて、そんな、そんなことは」

ミラ様はあくまでも冷静に、私を見据えた。

彼女はすっと立ち上がって、落ち着かせるように私の背中を擦る。

「少し落ち着いて」

ミラ様はゆっくりと私の頭を撫で、手を握る。

恥ずかしい。こんなことで取り乱すなんて本当に恥ずかしい。

「ご迷惑を……」

「いいのよ。――ただ、一つだけ、お願いがあるの」

握られている手から視線を上げると、彼女の美しい微笑みが目に入る。場違いにもそれに見惚れていると、チリンと彼女の腕輪が鳴った。

「貴女がディラン様を愛していないのなら、わたくしに彼をくれないかしら?」

綺麗な笑顔とは真逆の言葉を言われて、私は驚きに声も出ない。ただ、完璧な微笑を浮かべる彼女を呆然と見つめることしかできなかった。

「わたくしは、八つの頃にギル様の婚約者になりました」

ミラ様がゆったりと、昔話をするように言葉を紡いだ。

「次期王妃というのは、重い立場です。王妃は国王に次ぐ、国の中枢。教養も作法も勉学も国の最高峰を求められる。わたくしは必死に努力しました。ギル様はとても優秀な方ですから、わたくしはそれに見合うだけの努力を毎日毎日重ね、夜遅くまで本を読み、苦しいレッスンも乗り越えてきました。それは、ひとえに愛ゆえです。わたくしは殿下を愛していたからこそ、頑張れた」彼の隣に立つことがわたくしの存在理由なのです」

ミラ様は微笑んで、私を見つめる。リィンと鈴が遠くで聞こえた。

「ええ、わたくしは頑張りましたよ。かの方に認めてもらおうと。相応しい女になろうと、血の滲むような努力をしました……なのに、どうです。ギル様は弟君の影を追い、劣等感に苛まれ、自滅していくように嫉妬に溺れていきました。おかしいですね。ふふ、笑ってしまいます。もちろん、カラクリがあるわけですからそれを知った今では許していますけれど」

くすくす、うふふ、と完璧な微笑を浮かべるミラ様が、怖い。

思わず後ろに身を引くが、手を握られているためそれは叶わなかった。

「あら、話は終わっていないわ。貴女、ギル様の従者の婚約者になれと言われたでしょう？　それは妥当なことだと言えるわ。不思議そうな顔をしているわね。だって、貴女、身の丈に合わない愛を婚約者から受けているでしょう」

紫色の瞳が、鋭さを増す。喉が張りついて、声が出せない。

「貴女は、努力をしていない。愛される、努力を。ディラン様に見合うだけの才能も、魅力もない。目を引くような気品も儚さも、美しさも、残念ながらすべて二流だわ」

ぐさり、ぐさりとミラ様の言葉が心を抉った。

「貴女はディラン様に相応しい妻であろうと努力したことがある？　ただのレッスンならそこら辺の令嬢もみんなしているわ。王族であるということは、ほかの貴族の頂点に立つということよ。貴女にそれだけの覚悟と自覚はおありかしら？」

リィンリィンと耳の奥で耳鳴りのように鈴の音がする。おかしくなりそうだ。

「中途半端なお遊びで満足して、ディラン様に愛されていることが当然だと思っているでしょう。周りがちゃんと貴女を婚約者として扱ってくれることに感謝したことはある？　貴女が想像しているよりも社交界というのは厳しいのよ？　病弱だからと陰で罵られ、世継ぎが産めないのでは？　と馬鹿にされるわたくしの気持ちがわかるかしら！　あぁ、憎らしい。王族の婚約者を望んでいないような者がなぜのうのうと暮らしているのか！」

刃のような言葉とは裏腹に、撫でるような手つきで頬を触られた。

「貴女に、王族の婚約者を務める資格はないわ。だから、わたくしにディラン様を頂戴？」

リィンと鳴る鈴の音が、私の脳を侵食した。

……そうだ。私は知っていたじゃないか。貴族は、自分の娘を王族の婚約者に仕立て上げるために、わざわざ美しい見目の娘を養子にすることだってある。お見合いが失敗すれば勘当される子だっている。私は、それをちゃんと知っていた。自覚していた。

――前世を思い出すまでは。

強烈な前世を思い出してからは、一度貴族の常識が消えた。ゲーム設定の悪役令嬢であるベルティーアは私に溶け込み、気が付けば影も見えなくなっていた。

ディラン様は「友達になりたい」とのたまった私を受け入れてくれ、一緒に遊んでくれたから忘れていたのだ。私が、異端であるということを。

「……ミラ様は、王太子殿下がお好きなのではないのですか……？」

震える声でなんとか絞り出せたのはそんな言葉だった。彼女は余裕のある表情で笑ってみせる。

「ええ、もちろん愛しているわ。わたくしを放っておいたことへのちょっとした意趣返しよ。大丈夫。ダンスパーティーで、わたくしとディラン様がパートナーになるように協力してくれればいいの」

私は絶望的な気分になった。

ダンスパーティーは、学園全体で行う大きなイベントだ。婚約者はもちろんパートナーになることが大前提である。ほかの人と踊るなど醜聞以外のなにものでもない。

「っ、そんなことをすれば、どんな噂が広がるか……！」

「いいじゃない。だって、本当のことでしょう？　貴女は、ディラン様を愛していない。ならば何も問題ないわ。お好きな人と組めばよろしいのよ」

簡単でしょう、と彼女は微笑む。そんなこと、承諾できるわけがない。愛しているとか、愛していないとかそういう話ではない。

「……ディラン様と踊れば、ミラ様にもよくない噂が広まりますよ。いいんですか？」

「わたくしは大丈夫。皆の記憶に残らなければ、噂にすらならないわ」

彼女は何を言っているのだろう。記憶に残らないなど、そんな魔法を使えないとできないようなこと、あるはずがない。それでも彼女は顔色一つ変えなかった。

「貴女がいたっていなくたって、ディラン様はきっと変わらないわ。だって貴女、彼に何もしてあげてないでしょう？」

ミラ様がそっと耳元で囁いた。

心臓がぎゅっと縮み、逃げ出したい衝動に駆られる。奥歯を噛みしめた瞬間、バンッと扉が開く音がして肩を震わせた。

「――ベル、と義姉上。やはりここにいましたか」

「あら、ディラン様ではないですか。やはり魔力のある方は誰でも入れるのね」

ミラ様の手がぱっと離れて、さっきの重たい空気が嘘のように霧散した。重圧から解放されたようにどっと疲れが押し寄せる。

ディラン様は探し回ってくれたのか、息を切らしてこちらへ近づいてきた。手を握ったまま向かい合っている私たちを見て、訝しげに目を細める。

「義姉上、私の婚約者に何もしていないですよね？」

「あら、失礼ですわ。お話ししていただけです」

「なら、いいのですが……」

ディラン様は心配そうに私を見る。そしてすぐにミラ様に視線を戻した。

そのディラン様の態度にすら深く傷つく。もっと私を心配して――ミラ様なんか見ないでと心が叫ぶ。

……おかしい。こんなに自分の感情がコントロールできないなんて。幼い子どもだったらまだしも、前世も合わせて三十年は人生経験があるはずだ。いつもは気にならないことが今は嫌で仕方がない。

「はっ」

突然ミラ様が胸を押さえて苦しみ出した。咄嗟に手を伸ばして支えようとするが、彼女は私の手を避けるようにディラン様に寄りかかる。

唐突に体を預けられたディラン様は反射的にミラ様の体を支えた。

「はぁ、苦しいわ」

「大丈夫ですか、義姉上。発作の薬はありますか？」

ディラン様は冷静に、慣れた手つきでミラ様の額に手を当てて熱を測ったり、背中を擦ったりする。

その一挙一動に傷つく自分が、ひどく情けない。ミラ様は体が弱いのだから、こうして体調を崩すことだって何度もあったはずだ。

「少し熱がありますね」

「ん、大丈夫よ」

ミラ様の手がディラン様の肩に置かれた。

ディラン様に触れないで！　と叫びたくなる自分を必死に抑える。

「……義姉上。その腕輪は何ですか」

リィンリィンと、ミラ様が動く度に鈴のような音が響く腕輪が気になったのか、ディラン様の表情が険しくなる。

「……もらい物よ。美しいでしょう」

「ねえ、部屋で休みたいわ。お願い、送ってほしいの」

「そう、ですか」

「ですが、義姉上は女子寮でしょう」

「わたくしが良いと言うのだからいいのよ」

薄い笑みを湛えるミラ様に、ディラン様が困り果てたような顔をする。そして私を見た。

バチリと視線が交わって、気まずくなる。気まずく思ったのは私だけかもしれないが。

「私は、一人で帰れますから……。ディラン様はどうかミラ様を送ってください」

「ほら、彼女もそう言っていますし。ね？　どうかお願いします、ディラン様」

「……分かりました」

諦めたように息をついて、ディラン様がミラ様の手を引く。金と銀の対の色を持つ二人が並んで立っている様子は、まさにお似合いだった。

「では、ごきげんよう。ベルティーア様」

ふわりとドレスを広げて踵を返したミラ様はディラン様にエスコートされて帰っていく。ディラン様が私の方を見て、ごめんね、と言ってくれたが、正直耳に入らなかった。

並んで歩く二人の後ろ姿が扉の向こうに消えていく。ぽろり、と涙が溢れた。悔しいのか悲しいのかよく分からない。

ミラ様の言葉はすべて正しかった。そしてどれも図星だった。

私が目をそらし続けていたもの。

それは自分がベルティーアに転生したという事実。前世を持つ私は、どうしても違う誰かに成り代わったという認識の方が強かった。ゲームのキャラという確立された存在の中に、自分が入ったという感覚。それを拭えなかった。

私とベルティーアは違う。

だから、この世界で生きているのは私ではなくベルティーアであって、この性格は亡霊のようなものだとどこかで感じていた。

だけど、違った。その認識こそ違った。

一線を引いていたつもりだった。仲良くしてくれるディラン様たちと自分は違うのだと、勝手に自分で納得して意識しないように目をそらして、薄い膜を通して世界を見ているつもりだった。

――そうでなければ、耐えられない。

だって、悪役令嬢は私じゃない。彼に恋をしてしまったら、ベルティーアそのものではないか。違う。私は違う。彼を愛したりなどしない！

嗚咽を堪えて、顔を覆う。

こんなに言われて、やっと気付くなんてとんでもなく滑稽だ。ディラン様に必要とされるのが、当たり前だと思っていた。それがただの驕りだと知らずに、甘え、依存していたのは私だったのだ。

認めよう。私は彼が好きだ。

第四章　目覚め

コンコン、と扉を叩く。

誰もいない廊下にぼんやりと灯る蝋燭がちょっと不気味だった。

「……誰ですか」

警戒するような声色で扉を開けたのは、桃色の美しい髪の少女。彼女は黄金色の瞳を大きく見開く。

「……ベル？」

「アリアぁ……」

「何かあったの？」

「アスワド様との約束は？」

「今日はないわ。……酷い顔じゃない。入って」

アリアの心配そうな表情に、また涙腺が緩む。

「どうしよう。私、取り返しのつかないことしちゃったかもしれないの」

「とりあえず落ち着いて、そこに座って」

アリアは慌てキッチンに飛び込み、机の上にお茶をのせる。

私がソファーに座ると、アリアはその隣に静かに腰掛けて私の顔を覗き込んだ。

「どうしたの？　ついに監禁するって言われた？」

「……え？」

「よく逃げてこられたわね。大丈夫。私が一発殴ってやるから！」

「なんの話？」

突然シャドーボクシングを始めたアリアに呆気に取られる。

「え、違うの？　〝俺の子どもを産むまで出してあげないよ〟とか言われたんじゃないの？」

「何その、危ない人。誰の話をしているのよ。学園にそんな人がいたら今頃追放されているでしょう」

私の言葉を聞いて、アリアは目を泳がせて狼狽える。

「だって、今日生徒会に来なかったでしょう？　王子から逃げたんじゃ……え、ベル!?」

王子、という言葉でボロボロと涙が溢れた。アリアが慌てて私の背中を擦り、お茶をすすめてくる。一口飲んで、ようやく少し落ち着いた。

「あなたがここまで取り乱すなんて珍しいわね。何があったの？」

「……今日の放課後、ミラ・シャトレーゼ様に会って、話したの」

「……ミラ・シャトレーゼ、ね。知っているわ。王太子の婚約者でしょう」

アリアは一瞬だけ思案するように目を伏せたがすぐに答える。私は、静かに頷いた。

「……そう。それで、彼女と話して、思ったの。私は、あまりにも王族の婚約者たる資格がないって」

ぎゅっと手を握って、涙を我慢する。

「私は、本来この世界にいるべき人間じゃないから、ずっとずっとゲームの中にいるような感覚でいたの。生まれ変わったつもりでも貴族とか社交界とか、全然馴染めなくて。だからお母様もお父様もパーティーに出なくていいって、言っていたんだわ」

絞るように出した声は震えていた。

「だけど、私はちゃんと向き合うべきだったのよ。ディラン様の、婚約者であるならば。しっかり勉強して、完璧な婚約者として……。じゃないと、示しがつかない。責任の重さが分かってなかった。私が、ディラン様の隣に立つなんて――」

「はい、そこまで！」

ビシッとアリアに人差し指を突きつけられて言葉が止まる。険しい顔をしたアリアが、呆れたようにため息をついた。

「考えすぎてる」

そう、だろうか。

　でも彼女も私と同じ転生者なので、説得力は人一倍あった。

「まず私たちが第二の人生を歩む羽目になったことは、考えても仕方がない。いいね？」

「……はい」

「あなたは王子の婚約者として、上手く立ち回れていなかったこともあったかもしれない。だけど、それは過去の話であって、これから変えていけるものだわ」

　アリアの言葉に軽く頷く。彼女は険しい顔をふわりと緩めて笑った。

「一番大事なことは、これからどうするかってことと、ベルの気持ちよ」

　綺麗な金色が、まっすぐ私を見つめる。しっかり聞けと言われているようだった。

「ベル、もしかしたらあなたには酷に聞こえるかもしれない。だけどあえて言わせてもらうわ。私しか、あなたに言うことはできないから。あなたは王子をどう思っているの？」

「私、は」

　乾いたはずの涙が頬を伝う。

　そうだ。口に出せ。そして覚悟を決めるんだ。

「好き、なの。ディラン様が、好き」

　口に出したらまた胸が締めつけられるように痛かった。

「いつ好きになったのかは分からない。幼少期から好きだったのか、学園に入ってから好きになったのか。だけど、最近意識し始めたのは間違いないと思う」

「うん、それでいいと思うよ」

アリアは清々しいほど明るい声で、微笑んでいた。あっさりと認められて拍子抜けする。

「驚かないの？」

「うん。だって、生徒会で毎日二人のやり取りを見ていたのよ？　どう考えてもラブラブだった。ベルに自覚がなかっただけで、ずっと前から好きなんだと思っていたよ」

よかったよかった、とアリアが満足そうに頷いた。そして反り返るほど胸を張る。

「なら、もう何も怖くないわ！　立場が、とか前世が、とか考えるよりも、もっとやることがあるでしょう」

「……ディラン様に、伝えること？」

「そうよ！　分かっているじゃない！」

アリアはぱあっと表情を明るくし、強く肯定する。しかしその提案に私は怖じ気づいた。

「でも、私はディラン様に相応しくな……」

「何を言っているのよ！　好きになった途端、奥手になるのは仕方ないかもしれないけど、伝えないと何も変わんないわ。後悔しない方を選ばなきゃ」

そうでしょ？　と問いかけるアリアに、今度は強く頷いた。

伝えないと、伝わらない。いつも、後悔しないような選択を。

どうして忘れていたのだろう。これが私だったじゃないか。前世を思い出してから、未来の分からない中で必死に自分を信じて頑張ったじゃないか。

「私たちはきっと一生、社交界にも階級制度にも慣れないと思う」

「……うん」

「だけどそれが何なのよ。郷に入っては郷に従えって言うけどね、受け入れられないことだってあるわ。それは大なり小なりみんな同じでしょう」

今日のアリアはやけに説得力がある。とても失礼な話だが。

「それでも不安なら私がみんなに聞いてあげる！」

自信満々に、アリアが私の手を強く握った。

「ベルが前世を思い出したせいで、誰が不幸になったんだ、って！」

ふわっと心が軽くなった。今までの悩みがすべて吹き飛ぶような、力強い一言だった。

「だって、もとはベルティーアって悪役でしょう？ 人の恋路を邪魔する嫌なやつ。だけどあなたがベルティーアで、王子を好きでいてくれたおかげで、私はなんの憂いもなくアズを好きでいられるわ。なぁんにも、悪いことしてないでしょう？」

やっぱり、ヒロインは偉大だ。

いつもいつも彼女にはお世話になってばかりかもしれない。

「……ありがとう。私はいつもあなたに頼りっぱなしね」

「あなたは昔から、恋愛相談は結構面倒くさいタイプよ？」

「……それは、本当に申し訳ない」

「私も迷惑かけているから、貸し借りなしよ！」

屈託なく笑うアリアにつられて笑ってしまった。

「私も大分この世界では常識外れだからね？」

「私もミラ様曰く、貴族としては異端みたいよ？　お互い様ね」

「でもベルの立場は大変だわ。求められるものが多すぎて。アズなんて何も考えてないわよ」

「うん。だけど、もういいの。私は、私だから。私がミラ様になれないように、ミラ様も私には決してなれないわ」

私の言葉にアリアは「言うじゃない！　そうよ。ベルにはベルにしかない唯一無二の魅力があるわ」と嬉しそうに笑った。

晴れ晴れした気持ちのお陰か、自然と笑顔が溢れる。

自分のやるべきことを定めた私に怖いものはない。恋愛においてすることはただ一つ。

相手に好かれるように努力をすること。それだけだ。

パチッと何の前触れもなく目が覚めた。

ぼーっとする頭で天井を見つめ、隣に体温を感じて飛び起きた。隣にはぐーすかお腹を見せて寝るアリア。

「やば」

寝起き早々口に出したのは、ここ数年使ってなかった俗語だった。

昨日は散々アリアに思いの丈をぶちまけて、満足してそのまま後先考えず彼女の部屋に泊まったのである。

何がやばいって、たとえ友人の部屋にいたとしても、令嬢の朝帰りは普通にイケナイことである。

「あぁー……ま、いっか」

あっさりと開き直った私は、爆発した髪をアリアの櫛を勝手に拝借して整えた。

昨日は精神的にも参っていたから仕方ないのだ。

疚しいことなんて何にもしていないわけで、要はバレなきゃいい。結局は友達とのお泊まりだし。

誰に言うでもなく言い訳をとりとめもなく思い浮かべて、時計を見た。時刻は朝の四時半。今日は学園が休みだから、遅くまで寝ている人の方が多いはず。

軽く身支度を整えて、まだ寝ているアリアに近づいた。

「あれ……ベル？」

目を擦りながら目覚めたアリアはボリボリとパジャマからはみ出たお腹を掻く。

「おはようアリア」

「……おはよう。帰るの？　送っていこうか？」

「大丈夫よ。一人で帰れるわ」

寝ぼけ眼のまま心配そうにこちらを見るアリアに笑って、扉まで歩いていく。アリアもパジャマのままついてきた。

「アリア、色々とありがとうね」

「……本当に送っていかなくていいの？　部屋に入ったら王子がいるかもしれないわよ」

「なにその展開」

帰ったら部屋に好きな人がいるなんてドキドキしちゃうね、と言うと、は？　と真顔でさらに心配される。

「施錠された部屋に無断で入るとか普通におかしいから」

「あ、そっか。確かに」

「好きになると突然ポンコツになるのやめて。だから変な男に引っかかるのよ」

ぐうの音も出ないので、大人しく頷いておく。アリアは私が了承したのを確認して、やれやれと扉を開いて見送ってくれた。

私の部屋はそこまで遠くない。かくれんぼのような緊張感を抱きながら周りに見られていないかをしっかり確認して部屋に戻る。

鍵を開けて、体を素早く部屋に滑り込ませて音がしないように閉めた。リビングで一息つこうと、ソファーに座ろうとしてぎょっとした。目の前の光景が信じられず、何度も目をしばたたかせる。

「……ディラン様……？」

なんとソファーには座ったまま腕を組んで寝ているディラン様がいた。アリアの言ったことが現実になり、あたふたする。そして部屋が汚れていないかさっと確認して安堵の息を吐いた。

よかった、ちゃんと綺麗にしてある。

それにしてもどうやって部屋に入ったのだろうか。とりあえずディラン様を起こそうと近づくと、私の気配に目を覚ましたらしい彼と目が合う。

「あ、起き――」

ましたか、と言おうとした瞬間、ぐるんっと視界が回転した。そして天井が真上に来る。

何が起きたのか分からず目を白黒させていると、天井と私の間に、ディラン様が割り込んだ。

押し倒されている、と気付いた途端、かぁっと顔に熱が集まる。

「あ、あああのディラン様！」

「遅かったね、どこに行っていたの？」

いつものゆったりした口調だったが、ディラン様の顔を見て固まった。綺麗なブルーの瞳が淀んだ海のようにどろりとしている。

「答えなよ。どこに行っていたの？」

捕まえられている手首がさらに強く握られる。

ディラン様は怪しげな色を濃くして目を細めた。

「制服のままだね。誰のところに行っていた？」

見たことのない感情を瞳の奥に湛えて、ディラン様が私を問い詰める。驚きに体を震わせながらも、なんとか弁解しようと口を開いた。

「アリアの、部屋で一晩過ごしました……」

「……本当に？」

「ほ、本当です。ちょっと、昨日は気持ち的に余裕がなかったので……。すみません」

ディラン様は思い当たる節があるのか、みるみる顔を強張らせる。

その過程で瞳にも光が戻ってきたので安心した。

「はぁぁ、良かった……。ごめん、ごめんね、ベル」

「いや、部屋に戻らなかった私が悪いんですし！」

「でも、部屋で待ち伏せするなんて。あぁ、もう」

ディラン様は髪をかき上げて感情を持て余すようにガシガシと頭を掻く。見たことのない男らしい仕草にキュンとした私は本当に救えないほどの馬鹿だ。

よく考えるとディラン様は完全な不法侵入で、普通にやばい奴である。だけど、私もディラン様の誕生日にサプライズとかこつけて、無断で彼の部屋に入った前科があるので、お互い様でいいのではないだろうか。

ただ、好きな人が来てくれたことが嬉しいだけである。

「……くそ、焦りすぎた……」

「なにをですか？」

「……なんでもないよ」

ディラン様がぼそりと何事か呟いて私の上から退く。私もソファーに座り直して、ハッとした。

とんでもない恐ろしい事実に気付いてしまった。

「あああ！」

「え⁉　急にどうしたの⁉」

突然ソファーから飛び上がって、壁の方に逃げた私を、ディラン様が驚いて見る。混乱してとにかく距離をとろうとする私に、ディラン様はひどく傷ついたように顔を歪めた。

「ごめん、ごめんね、ベル。怖かったよね。なんでもするから、拒絶しないで……」

「いえ、違うんです。私の顔、顔が……！」

どんどん尻すぼみになるディラン様の言葉を遮って、私は声を張り上げた。

「顔？」

「私、お化粧を、していないので。本当に、見ないでください。あんな至近距離で……過去最高の屈辱です！」

顔を手で覆い、涙を飲む。本当にあり得ない。

化粧したらもっと可愛くなれるのに！

「ベルはそのままで十分可愛いんだから、化粧なんて気にしなくていいよ」

「でも、どうせなら、ディラン様には一番綺麗な状態を見てもらいたいじゃないですか……」

今度は私の言葉が尻すぼみになり、途中で自分の台詞に疑問を抱く。
とんでもなく恥ずかしいことを言っているのではないか……私⁉

指の隙間から恐る恐るディラン様を覗くと、ディラン様は手のひらで口元を覆って目を見開いている。その頬が真っ赤に染まっているのを見て、私もつられて赤くなった。

感じたことのない甘酸っぱい空気が流れて、いたたまれなくなったのは私の方だった。

「じ、じゃあ、あの、身支度してきますね！」

「……うん」

私は慌てて寝室に引っ込み、すぐに準備を済ませる。ディラン様をソファーに座らせて、紅茶を出した。

向かい合って座る私たちは心なしかそわそわしていて、アリアが見たらもどかしい！と騒ぎ出しそうな光景である。

「えっと、とりあえず弁解させて。昨日はベルが義姉上と何か話していたみたいだし、様子がおかしかったから、夜ここを訪ねてみたんだ」

だけど私はその時アリアの部屋にいたため、当然自室にはいない。それで、なにかあったんじゃないかと心配になったディラン様が合鍵を使って部屋に入ったとか。

「え、合鍵なんてあるんですか」

「生徒会だからね」

「女子寮の合鍵があるのは……」

「本当はちゃんと申請して許可とらないといけないけど……今回は特別」

それって大丈夫なのかと一瞬疑問に思ったが、ディラン様は婚約者なのだし、基本的に常識のある人だから信じていい。

「この状況で言うのはおかしいかもしれないんだけど……」

再び沈黙が流れたところで、ディラン様がゆっくりと立ち上がり、私の側に近づいて膝をつく。

私は土下座されるのか、とぎょっとした。慌ててディラン様を立たせようと自分が立ち上がると、片膝を立てたディラン様に手をとられる。

今度は違う意味でドキドキし、綺麗な青い瞳をじっと見つめる。サラサラの金髪はやはり絹のように美しかった。感嘆のため息をなんとか飲み込み、ディラン様の挙動を見守る。

「ベルティーア、今度のダンスパーティーで俺と一緒に踊ってくれませんか」

物語の王子様のように、ディラン様が跪いて私に微笑みかける。

承諾の返事をしようと頷きかけたところで、重要なことを思い出す。そうだ、私はミラ様にディラン様とパートナーにならないようにお願いされたのだった。

「えっと」

「〝えっと〟？」

「いえ、とても嬉しいのですが、実はミラ様もディラン様とパートナーになりたいようで……」

ディラン様の表情が曇り、顔が険しくなる。

「それで？　ベルはなんて答えたの？」

「あまりに衝撃的なことだったので上手く言葉を返せませんで——いたっ」

途中で短く悲鳴をあげた。いや、怖い。ディラン様の顔がとてつもなく怖い。手首が痛いほど握りしめられている。

「うん、じゃあ、ベルはどうするの？」

これは殺されるんじゃないかと、私は自分の未来を本気で心配した。

「ベル」

ディラン様が立ち上がって、私に返事を催促する。

「私は、ディラン様とパートナーがいいです。ミラ様には申し訳ないですが……だって、その、私たちは……婚約者、ですから」

「ベル、大好き！」

「わっ」

まるで子どものように無邪気にディラン様が私を抱きしめた。たちまちかぁっと体が熱くなる。しかも大好きって言われた。

今まで全く意識していなかった触れ合いなのに、恋を自覚したせいで心臓が痛いほど高鳴る。

アリアから言われたことを今こそ遂行しなければならないのに、言葉が上手く出てこない。ちゃんと好きだと伝えなくては。

「ディラン様……！」

「なぁに？　ベル」

甘すぎる彼の声に脳みそが溶けそうだ。

あぁ、恋を自覚したばかりの私に告白など、荷が重すぎる。パーティーが終わるまでにはちゃんと気持ちを伝えるから、今は勘弁してほしい。

言葉にできない代わりにせめて行動で示そうと思い、私もディラン様の背中に腕を回してきゅっと力を込めてみた。私の反応に気を良くしたらしいディラン様がすり寄ってくるので、私は再び眩暈を起こすことになったのだった。

キョロキョロと辺りを見ながら、以前ミラ様に案内された扉を探すために特別棟の周りを歩く。

休日明け、私はミラ様に会うことを決めた。ちゃんと会って、お断りするのだ。

ミラ様に会いに行くと言えば、ディラン様を心配させてしまうので彼にこのことは伝えていない。ただでさえ生徒会の仕事が忙しいのだからこれ以上手を煩わせるわけにはいかない。

正直、私に敵意があるのだろうミラ様と対峙するのは胃がキリキリするほど緊張するし嫌なのだが、こればっかりは仕方がない。これもまた修行だ、と己に言い聞かせるも、やはりあの扉はない。ミラ様が仰った、愛し子？　とやらがいれば現れるのだろうか……。

「何かご用でしょうか」

突然声をかけられて勢いよく振り返った。

こちらを見て、首を傾げる少女。彼女の腕にはミラ様と同じ腕輪が光っている。

愛し子、とやらだろうか。

「えぇっと、ミラ様に会いたくて……」

「ミラ様に？」

彼女はピクリと眉を上げて不愉快そうに目を細めた。

「どなたか存じ上げませんがミラ様はとても尊い方で、簡単に会えるような方ではありません。どうかお引き取りを」

「……先日、ミラ様とお話しさせていただく機会がありました。それでもう一度話をしたいのです」

「ミラ様と、すでにお会いになられたのですか……？」

少女は逡巡するように目を伏せて、しばらくお待ちくださいと告げるとくるりと私に背を向ける。瞬きした瞬間に、あの扉が現れたことにとても驚いた。やはり愛し子がいれば開くみたいだ。

彼女がその扉の中に滑り込むように入ると、扉は再び姿を消した。本当に不思議な現象だ。

しばらくして戻ってきた彼女の顔は、不機嫌そうに歪められている。

「ミラ様が貴女様との面会を許可いたしました。案内します。どうぞこちらへ」

不本意だ、という感情を隠そうともせず案内してくれる。相変わらず扉の向こうは上級貴族の茶会のような光景だった。

天蓋で覆われたソファーのある空間にプラチナの色が見える。

ミラ様の周りには女性から男性まで傅いていて、みんなミラ様が快適に過ごせるように団扇で扇いだりお茶を淹れたりしていた。この場にいる者全員が、ミラ様が言った〝愛し子〟であることは容易に予測ができた。

私が部屋に入った瞬間、幾多の視線が一気に集中する。

そのすべてに敵意が込められていて、私は恐怖で体がビシリと固まった。

「ベルティーア様。ようこそお越しくださいました」

鈴の音と、透き通るような声。

銀色の髪は美しく、本当に女神のような人だ。

私は、先日の二の舞にならないよう腹に力を入れて、ぐっと拳を握った。

「本日は、この前のお願いを断りに来ました」

断る、という言葉で部屋がざわめく。ミラ様も憂うように目を細めた。

「ミラ様からのお願いを断るなんて……！」

ミラ様の近くにいた女子生徒が目を吊り上げて私を睨んだ。その瞳には憎悪が渦巻いて、そんなに怒らなくてもいいのに、と頭の隅で思う。

〝愛し子〟とは信者のようなものなのだろうか。周りのミラ様に対する信頼は異常だ。

「アンナ、慎みなさい」

「ですが、ミラ様！」

「わたくしは分不相応なことをする愚か者を愛し子にした覚えはありません」

「っ、申し訳、ありません」

「謝るのはわたくしにではないでしょう？」

二人の掛け合いが意外で、思わずミラ様を見つめた。

「ベルティーア様、申し訳、ありませんでした。ご無礼をお許しください」

アンナの謝罪を受けとるという意味で私はコクリと頷いた。

「申し訳ありません、ベルティーア様。わたくしからも謝罪申し上げます」

「いえ。気にしないでください」

「それで、断る、とは？」

にこりと微笑みながらも、隙のないその笑みに頬が引き攣りそうになるが、ここで負けては意味がない。私が、ディラン様のパートナーになるのだ。

「ミラ様はディラン様とパートナーになりたいと仰いましたが……私が彼のパートナーです」

ミラ様の表情は笑顔のまま変わらなかった。

「それは譲ることはできません。――私は、ディラン様を愛していますから」

薄紫の瞳をひたすらに見つめた。ミラ様はふっと目元に影を作り、私に近づく。そしてにこりと微笑んだ。

「そうですか。――残念です」

彼女はきっと、王妃たる人物だ。

だからこそ、底が知れず恐ろしいのである。

ダンスパーティーまであと一週間。

生徒会は慌ただしく準備を進めていて、多忙を極めている。そんな中、私は隣の席のラプラスに絡まれていた。

「ベルちゃんは殿下のパートナーなんだよねぇ？」

ラプラスにそう問われ、私は頷いた。別に隠すことでもない。

「あーあ。そーだよねぇ、僕、休も」

「ララのパートナーは？」

「いるわけないでしょ！」

プリプリと憤慨したようにララは頬を膨らませた。パートナーがいるいないは非常にデリケートな問題である。

「……ルスト先生に頼んだら良いって言ってくれると思う？」

「ルスト先生に⁉」

「やっぱダメだよねぇ」

ララは口を尖らせて顔をしかめた。先生とパートナーになるなど聞いたこともない。

「ララは、ルスト先生のことが好きなの……？」

「ん？　好きだよぉ、だってあんなに美人さんなんだもーん！　怖いけどぉ」

ララはそう言って朗らかに笑った。

彼はいつも笑顔だが、結構いい加減なのでどれが本音かよく分からない。

これ以上首を突っ込むのも無粋な気がして黙っていると、あっ、とララが声を上げた。

「先祖返りの話、前にしたよね。覚えてる？」

彼はいつものように飴を舐めながら世間話をするように明るく言った。

「その話、聞きたくないわ」

「……僕は、本当にベルちゃんのことを思って言っているんだよ」

噛み砕いた飴を飲み込んで、ララは改めて私の目を見つめる。青い瞳からはいつもの軽薄さが消え、知的な光を宿していた。

「ララ、分かっていると思うけど、王家の魔法は国の宝よ。だからこそ軽々しく話題に出すものではないわ」

「分かっているよ。研究者である僕が魔法の重要性を理解していないはずがない。分かっているから、婚約者のベルちゃんだけに言っているんだ」

研究者。その言葉で、ようやく彼の立場がはっきりした。恐らくラプラスは、魔法研究の特待生だ。

魔法研究者はその名の通り、王族の魔力を研究する者のことで、多くはないが一定数は存在する。くたびれた白衣を着ていたのも、先祖返りについて詳しいことにも納得がいった。

「――殿下はね、先人の記憶がないタイプの、魔力だけを受け継いだ『先祖返り』だよ。とても珍しい」

ララは妖しく微笑みながら、国家秘密であろうことをペラペラと喋る。

「研究者ってそんなことまで探るの？」

「探求のためならなんだってしてきたからね」

ララは笑みを深めて続けた。

「殿下はねぇ、とっても尊い人なんだ。その魔力量は数百年の王族の中でもトップレベルだよ。だけどね、使いこなすっていうのはとても難しくて、それほどの魔力量を持つだけに感情に左右されやすい」

ララは私を見つめて諭すようにゆっくりと告げる。

「殿下は兵器とおんなじだよ。上手く使えば国の繁栄に、間違えれば国の滅亡に……」

「そんなことない！」

私が声を荒らげたのでララも驚いたようだ。

放課後だったためかいつの間にか教室には誰もいない。こんな会話をほかの人に聞かれずにほっとする。

「ディラン様を、物みたいに扱わないで」

私が震える声で言い睨みつけると、ララは困ったように緩く首を振って眉尻を下げた。

「ベルちゃんには知っていてほしいんだ。殿下は、とっても危険な人だよ。怒らせたり悲しませたり喜ばせたり、殿下の感情が左右されて魔力が暴走してしまうくらいなら、離れていた方がいい」

「……っ、そんなこと。ディラン様に感情をなくせと言うの？」

「そんなつもりはないよ。でも、本当に危険なんだ。人智を超えた魔法を、恐ろしいと思うのは間違いかい？」

魔法を研究する彼だからこそ、その脅威を正しく理解できているのかもしれない。だけどそれは、ディラン様から離れる理由にはならない。

「ディラン様は先祖返りである前に一人の人間よ。それなのに感情を持つなみたいなこと、あんまりだわ。私は、ディラン様と一緒に怒ったり悲しんだり喜んだりしたいのよ」

ララは私の言葉に、諦めたようにため息をついて肩を落とした。

「……そうだよね。殿下に押しつけちゃいけないよね。ごめんね、嫌な気持ちにさせちゃって……」

「でも、ララのお陰で知らなかったことを知れたわ。ただ、その情報をどうやって手に入れたのかは知らないけど。ララこそ魔法研究のためだからってこれ以上王家の人間に首を突っ込むような危険なことはしない方がいいわよ」

「そうだよねぇ。好奇心がうずいちゃって」

えへへ、と笑ったララはいつも通りの笑顔を浮かべていた。

それにしても、そんなにディラン様の魔力は異常なのだろうか。

ディラン様が取り乱すことなんて滅多にないし、怒って魔力が暴走したりもしなかった。

誕生パーティーの日に王太子殿下とやり合ったときだって、ちゃんと理性はあったはずだ。

普段から確かに威圧的なところはあるけれど、あれは魔力云々というより、ディラン様は怒ったら普通に怖い。

「引き留めた僕が言うことじゃないかもしれないけど、時間大丈夫？　今忙しいんじゃなかったっけぇ？」

「本当だわ！　じゃあまた明日ね」

急いで生徒会室に向かおうとする私に、ララは笑顔のままひらひらと手を振ってくれた。

生徒会室の扉を開くと一斉に視線が私に集まる。

「申し訳ありません。遅れました」

そんなに注目しなくていいのにというくらい見つめられる。いたたまれなくて目をそらしながらディラン様の机に向かったが、その席は空っぽだった。

「ディラン様はどちらに？」

「一通り仕事が片付いたようなので、仮眠室(かみんしつ)で寝ていますよ」

シュヴァルツが教えてくれたので、私はいつものように皆(みな)にお茶を出そうとしたがアリアに止められた。

「ベル、すぐに王子のところに行ってあげて」

「え？　でも寝ているんだったらそっとしておいた方がいいんじゃ……」

「それがね、ちょっとしくじっちゃって」

アリアがひそひそと喋るのに合わせて私も耳を寄せる。周りのみんなも深刻そうに顔を曇らせていた。

「ベル、ラプラスと話していたでしょう？」

「え、ええ」

「それをね……言っちゃったの。ベルが遅い理由を聞かれたから、ついうっかり……」

申し訳なさそうな顔で俯いたアリアに私は首を傾(かし)げた。傍(はた)から見ればクラスメイトと話していただけだ。『先祖返り』のことを話していたのは後ろめたいが……あの場には誰もいなかったし、それがディラン様の耳に入るなんてこともないだろう。

皆が恐々としている理由がいまいち呑(の)み込めないまま、ディラン様がいないと秘書の仕事もできないので、仮眠室に行こうと決める。

「お茶なら心配しないでください。各自勝手に用意しますので」

シュヴァルツにまでそう言われ、皆の様子が気になるものの、ノックをして仮眠室の扉を開ける。

「ディラン様、ベルティーアです」

なるべく小声で部屋に入るとベッドの掛け布団が上下しているのが見えた。

そっと近づくと、布擦れの音がして目尻の下がった眠たそうなディラン様と目が合った。

彼は眠りが浅いので起こしてしまったようだ。

「……ベル？」

眠たそうな甘い声で名前を呼ばれ、胸が締めつけられる。

「はい。遅れてしまい申し訳ありません。ただいま参りました」

ベッドの中から腕を出してこっちに来るようにジェスチャーをされたので素直にディラン様のベッドの脇の椅子に座る。金色の髪が白いシーツに広がっている様は神聖な絵画のようだった。

「また枕を抱いて寝ていたんですか」

ディラン様は基本的に枕を使わずに寝る。それでなぜ寝られるのか甚だ疑問ではあるが、彼は昔からそうだった。ちなみに私は枕が変わると寝られないタイプである。

ディラン様は抱き枕状態を見られたのが恥ずかしかったのか、照れたように枕を離した。相変わらず可愛らしさが爆発している。

「何かを抱いていないと寝られないんだよね」

幼く微笑むディラン様の頭に思わず手を伸ばし、さらさらの髪を撫でる。ディラン様は甘える猫のように目を細めた。あまりの可愛さに私の心臓がきゅん、と高鳴る。

「ベル、挨拶は？」

ディラン様にじっと見つめられて、唇を噛みしめた。今の状態でディラン様に近づいてしまえば、心臓の鼓動を聞かれてしまうのではないだろうか。

目を泳がせて悩む私の手首を引いて、ディラン様は私をベッドに座らせた。

そっと目を閉じて、私に頬を差し出す。そんなことをされてしまえば、断ることなんてできない。緊張で震える手を彼の頬に当て、キスをする。知らず息を止めていたようで、頬から顔を離した瞬間、大きく息を吸った。

「どうしたの、ただの挨拶なのに、顔が赤いよ？」

寝起き特有の掠れた声で笑う彼は、気だるそうにゆっくりと上半身を起こした。ベッドに片手をついた私の手の甲に、ディラン様は自分の手を重ね合わせる。この人は私の気持ちを分かっていて、こんな思わせぶりなことをするのだろうか。いや、距離感がおかしいのは昔からだった。

「ベル？」

黙ったまま何も言わない私を、今度は心配そうな声で呼ぶ。

あぁ、好きだ。気持ちが溢れて止まりそうにない。いっそ告白してしまおうかとも思ったが、きちんと場所は選びたい。

「俺もベルにキスしていい？」

「……も、もちろんです」

頬に感じる柔らかい感触には慣れたつもりだったのに、今は意識しすぎてしょうがない。本当に心臓が持たないかもしれない。

「体調が悪いの？」

「いえ！　元気です、とっても！」

大丈夫だとアピールするように満面の笑みを浮かべると、ディラン様は安心したように目を細めて柔らかく笑った。

もうすべてがかっこいい。

「あ、そうだ。ベルに渡したいものがあったんだ」

「え！　そうなんですか」

「そうだよ。用意していたのに、来るのが遅いからさ」

ディラン様は私の頭を優しく撫で、ベッドから降りた。

そういうさりげなく触ってくれるところ、ずるいけど好き。

「……で？」

「え？」

「教室で、友人と、二人っきりで、何を話していたの？」

やけにゆっくりと言葉を区切るディラン様に内心冷や汗をかきながら、これは咎められているのかしら、どう言い訳をしよう……と頭をフル回転させる。ラプラスと話していたと言っても話題はディラン様だったわけで。

どうしようかと心の中で一人問答する間、彼は終始ニコニコとしているだけだった。

「……――ディラン様は先祖返りって知っていますか？」

ディラン様の笑顔の圧に耐えきれず、そのまま言葉が滑り落ちた。そしてすぐに後悔する。一瞬だけディラン様の瞳に怪しい色が浮かんだからだ。

私は息を飲んだ。

「それはその友人から聞いたの？」

「いえ、王子妃教育を受けていた時に、国学史の先生から聞きました」

「じゃあ、そのお友達と、俺が先祖返りだって話をしたの？」

ディラン様の責めるような目に耐えきれずがっくりと俯いた。バレバレだ。

「すみません……」

「ふ、ふふふ」

堪えるような笑い声が聞こえて、恐る恐る顔を上げた。

「そんなに落ち込まなくてもいいんだよ？　ベルはすでに知っているものかと思っていたし」

「そ、そうなんですか？」

「まぁ、学者が勝手に言っていることだから信憑性は低いし俺も興味ないけどね。もう誰も俺の魔法になんか期待してないし」

扱いにくいから、とディラン様は笑った。その仄暗い笑みにゾッとする。

「でも、あんまり迂闊に魔法の話題をするものじゃないよ。分かった？」

ディラン様が私の顔を覗き込んで優しく微笑みかけた。私が素直に頷くと、そっと頭を撫でられる。

「いい子」

聖母のような笑みを浮かべるディラン様を見ていると、なんだか新しい扉を開きそうになったので、自分の手の甲を思い切りつねった。

「……ベルが話していたのって、ラプラス・ブアメードだよね？」

「は、はい」

「魔法研究者の」

「そうです」

ディラン様は仮眠室にあるアンティークのキャビネットから、綺麗な刺繍の施された白い箱を取り出しながら尋ねてくる。

「仲がいいんだね」

「……隣の席なので」

これはもしや疑われている……？

確かに婚約者がほかの男性と教室で二人きりだなんて、大変よろしくないことである。

私だってディラン様がほかの女の子と二人きりで話していたと聞いたら心穏やかではない。

どういう風に言い訳すべきか悩んでいると、ディラン様がくるりとこちらを向いた。

「仲がいいのはいいことだよ」

偉い偉いとまた頭を撫でられた。

ディラン様をちらりと見ると、顔にはまるでお兄ちゃんのような優しげな笑みが浮かんでいる。

あれ……嫉妬されたわけではない……？

「ベル、これを君に」

ちょっとだけ混乱していると、目の端にふわりと深い藍色が煌めいた。

「これ、って……」

ディラン様が箱から取り出し広げたのは、夜空を写し取ったようなドレスだった。ネイビーの生地に無数に細かく散らばったラメ。その上にはたくさんのレースがふんわりと重ねられている。

「ダンスパーティーでこれを着て、俺と踊ってほしいな」

「よ、喜んで！　ありがとうございます！」

嬉しさで思い切りお礼を言うと、ディラン様は安心したように微笑んでくれた。

「気に入ってくれた？」

「もちろんです！」

ドレスを丁寧に箱に戻すと、隣に一回り小さい箱もあった。それが揃いの靴であることは想像に難くない。

「ベル」

ドレスの箱と靴の箱を入れた紙袋をディラン様が手に取った。

「今日はもう手伝いはいいから。寮の近くまで送るよ」

片手で袋を持つディラン様が空いている方の手を私に差し出した。意図が分からず間抜けな表情のままディラン様を見上げる。

「……え？」

「手、つなごう？」

まさかの提案である。そっと手を差し出すと思いのほか強く手を引かれた。私と目が合うと華麗にウィンクするディラン様は、おとぎ話の王子様のようにかっこいい。……本物の王子様なんだけど。

仮眠室から直接外へ通じている扉を開ける。この学園は手入れされていない場所などなく、どこも美しく花が咲き乱れていた。

横を向いて、ディラン様を見る。やっぱりかっこいい。

「そんなに見つめてどうしたの」

ディラン様はくすぐったそうに笑った。その明るい笑顔が可愛くて、かっこよくってドキドキする。

「もう少し、一緒にいてもいいですか」

考える間もなく、思っていたことが正直に口から出た。彼の驚いたような気配を感じて途端に恥ずかしくなる。

ディラン様はこの後も仕事があるのに……こんな我が儘を言ってしまうなんて。

「……うん、一緒にいよう」

彼は静かに言った。わずかに手に力が籠もった気がする。

ディラン様が私の目元を覆ったため一瞬だけ視界が黒くなる。しかし次の瞬間には景色があの秘密基地のものに変わっていた。

いつ見ても、不思議な力だ。

突然、ディラン様に両肩を掴まれた。真正面に彼の顔が見え、その表情に思わず見入った。

「ベル、あんまり俺を喜ばせないでよ」

私に負けないほど顔を真っ赤にして、青い瞳でまっすぐに私を射抜く。

その表情に心臓が波打った。

——私、ダンスパーティーの日に、ディラン様に告白しよう。

勇気を出して、絶対に思いを伝える。

喜んでくれるかな。案外困らせてしまうかも。「俺たちは親友だよ」なんて言われたら、少し悲しい。でも、それでもいいと思える。

ディラン様に私の気持ちが伝わってくれたら、少しでも私の告白に喜んでくれたらいいな、なんて思ってしまう。こんな殊勝な恋心、一体どこで育んできたのかしら。

顔を真っ赤にするディラン様の目には、私は可愛く映っているかな。可愛いって、思ってくれていたらいいのに。

胸の高鳴りと共に、私もつられるようにして顔を赤く染めたのだった。

第五章　狂劇

今日はダンスパーティー当日である。

ディラン様にいただいた夜空柄のドレスと揃いの靴は私にピッタリだった。なぜディラン様が私の服のサイズを知っているのか疑問に思ったが、実家にいる私の侍女に聞けばすぐに分かることである。ドレスが小さくて入らないよりはマシなのでほっと胸を撫で下ろした。

鏡の前でくるりと回るときっちりと巻かれた髪とドレスがふわりと靡いた。己の顔を引き立たせるメイクをこれでもかと研究してきた成果が今ここで存分に発揮されている。

日常、あまり意識しているわけではないが、ベルティーアは元々綺麗な顔立ちをしている。それに加えて研究したお化粧とディラン様から贈られたドレスを纏えば、もう完璧。

濃い藍色とそれにちりばめられる金色がディラン様の瞳と髪の色だと気付いた時の私の心情は、筆舌に尽くしがたい。

「やっぱり綺麗ね」

鏡の前で優雅に回り、ドレスの裾を広げる。この姿で告白できるだなんて、なんて素敵なのだろう。

「さぁ、今日は頑張るのよ、ベルティーア。絶対にディラン様に思いを伝えるんだから！」

ダンスパーティーは休日の夜に行われる。日の落ちた頃、生徒会長の挨拶の後で音楽が流れ出す。そして生徒は気ままにダンスをしたり、立食を楽しみながら談笑したりするのだ。

もちろん、その間ずっとパートナーと一緒である。

男性は女性をエスコートし、女性は男性にエスコートされる。実際のところ社交界と変わらない仕様ではあるが、いつも学園の規則に縛られている生徒たちにとって、その反動でとても盛り上がるのだとか。

ディラン様たちはもう会場に行っている頃だ。生徒会長として執行部の指揮を執っていることだろう。女性陣は支度があるからとパーティー前の準備には来なくていいと言われた。

とはいえすでに開始時刻間際だ。私は大慌てで最終確認を終わらせ、部屋を出る。

なるべく早足で廊下を歩き、外に出て大ホールに向かった。

辺りは暗くて、もう日が沈んだことを知らせている。あぁ、遅刻するならアリアと行けば良かった。アリアのドレスはどんな感じだろうと想像しながら急いでいると、ドンッと大きな衝撃を感じ、よろける。次いで湿ったような感触がした。

「申し訳ありません！」

暗くてよく見えなかったが、人がいる。その人は怯えたような声を出しながら必死に謝っていた。ポツポツとまばらにある街灯の光で、私は薄ぼんやりと今の状況を確かめる。

「――え」

足元に転がる樽と、赤黒い水溜まり。樽からどくどくと何かが溢れる音がする。肩口からドレスの裾にかけて、私は水浸しになっていた。

「すみませんすみません！　まさかまだご令嬢がいらっしゃったなど露知らず！」

使用人と思われる青年が焦りを多分に含んだ声色で必死に謝ってくるが、私は脳が追いついていない。

いまだに口のあいた樽からは液体が溢れていて私の靴を濡らしている。匂ってきたアルコールの香りにこの液体がワインであることが分かった。よくパーティーで出される、度数の低い子どもでも飲めるワインだ。

この国では十五歳からお酒を飲むことができる。ただ、飲める度数は決まっていて、二十歳になればさらに飲める種類が増えるはずだ。ヒロインもお酒に弱い設定があって、それを利用したイベントもあって……と。とてつもなくどうでもいいことで現実逃避を図るがそんなことでどうにかなる状況ではない。

ディラン様から、もらったドレスが。

後ろからぶつかられたのか、背中の方もすうっと風が通る度に冷えていく。裾の方は濡れて重たくて、もう手遅れだった。

ヒールの中までワインが入ったせいで足先まで冷たい。おまけに、髪にもかかった。

——ふざけないで！

そう怒鳴ってしまいそうなほど頭に血がのぼった。許されるなら平手打ちでもお見舞いしたい。

これはディラン様からもらった特別なドレスなのだ。大切な、大切なディラン様の色があしらわれたドレス。

それを、こんな不注意で！　使用人ならちゃんと仕事をしなさいよ！　私のドレスのみならず靴も髪も汚してただで済むと思ってるの⁉

この時、私は本気でそう思った。それほど腹が立ったし悔しさでいっぱいだった。

だけどこの人に怒鳴ったところでどうにもならない。汚れたドレスは元に戻らないし、アルコールの匂いの染みついた髪でパーティーになんか行けない。

綺麗に巻いたはずの髪はしおらしくぺしょんとなっている。

私のドレスを汚した使用人は可哀想なほど震え、こちらの顔色を窺っていた。使用人の顔をしっかり覚えておいて後で弁償させてやりたいが、辺りはぼんやりと薄暗く顔がいまいち見えない。

ひとまず涙を堪えて自分を落ち着かせるように深呼吸をし、ひたすら謝る彼に声をかけた。

「……謝罪は結構です」

そう言うのが精一杯だった。

怒りを堪えて絞り出した声は思いのほか硬く、掠れていた。それにまた涙が溢れそうになる。

許しを得た使用人は空になった樽を慌てて掴み、その場を逃げるように後にした。

「……どうしよう」

濡れたドレスは私の体を冷やし、心まで凍らせる。しばらく放心していたが、光に集まる虫のように、ホールの光の方へ無意識に足を動かした。

すでにパーティーは始まっていて、喧騒がこちらまで聞こえてくる。

ホールに近づけば近づくほどドレスの惨事があらわになり、涙が浮かぶ。こんな姿では人前に出られないし、ディラン様にも顔向けできない。

たとえ自分のせいではなかったとしても、ディラン様からもらったドレスを汚したなんて言いたくなかった。悲しげに笑う彼が容易に想像できる。

でも、行かないなんて選択肢もない。私は、ディラン様のパートナーで、行かなければディラン様が恥をかくだろう。一人でダンスホールに佇むディラン様を想像して、鳥肌が立った。

王族の誕生日パーティーの時に王太子の後ろで控えていたディラン様の姿。私は重たいドレスの裾を摑んで、ヒールが濡れているのも構わず突き進んだ。

そうだ。せめて、理由を話そう。

遅れた私も悪かったし、ドレスのことは誠心誠意謝ろう。今は、パーティーに参加せずディラン様を一人にすることの方がずっと問題だ。

そうしてようやく、ホールの扉から中が見えた。

「……っは」

ホールの真ん中で、舞うように踊るカップルがいた。男性は金色の髪を揺らして美しくしなやかにリードする。

自分の目が大きく見開かれたのが分かった。ぽろり、と堪えていた涙が頰を伝う。

金色の、対であるような銀色。

ディラン様と、ミラ様が一緒に踊っていた。

「あ、あぁ」

情けない言葉が自分の口から零れたことにすら気付かなかった。それほど衝撃的で目が離せない。

私の入る余地なんかなかった。あの中に飛び出て、ディラン様は私のパートナーです、なんて言う勇気もなかった。だって、今の私はこんなにみすぼらしい。

ミスのないステップと計算されたように舞うドレス姿のミラ様は天界から舞い降りてきた天使と言われても納得してしまう。

こんなに惨めなことがあるだろうか。

その奥ではアリアとアズが踊っていて、理不尽な怒りや悔しさが私の身を苛んだ。

ミラ様に対する嫉妬や羨望。好きな人と踊れるアリアにすら羨ましいと心が叫ぶ。ディラン様はどうしてミラ様と踊っているの？　私をパートナーに選んでくれたじゃない。

嫌だ。醜い心が浮き彫りになって、目の前の光景との落差に眩暈がする。現実が、信じられないほど遠い。

「こんなの、無理よ……」

震える声でポツリと呟けば、誰かが反応してくれることを期待した。けれど誰も私がここにいることに気付かず、楽しげに踊っていることに言い様のない憤りを感じる。

違う。こんな感情は間違っている。

私が不注意だっただけで、パーティーを楽しむ人は何も悪くないのだ。

くるくると踊るミラ様が、こちらを向いた。偶然取った体勢で、特段不自然ではない。しかし彼女の薄紫色の瞳が一瞬、私を捕らえ——。

愉悦に歪められた。

私は弾かれたように走り出し、気が付けば自分の部屋に逃げ帰っていた。

「は、はぁはぁ……」

大きく見開いた目からは止めどなく涙が溢れていて、強いショックと同時にあまりにも自分勝手に憤る自分が許せない。自分が、こんなにも嫉妬深い人間だとは。こんなにも醜い人間だとは思いたくなかった。

『貴女は、努力をしていない。愛される、努力を。ディラン様に見合うだけの才能も、魅力もない。目を引くような気品も儚さも、美しさも、残念ながらすべて二流だわ』

『ディラン様に愛されていることが当然だと思っているでしょう』

『周りがちゃんと貴女を婚約者として扱ってくれることに感謝したことはある？』

こんな時に、ミラ様の言葉が容赦なく私を貫く。皮肉にも、今になって彼女の気持ちが分かる気がした。

「うぁ、ぁぁあっ」

パーティーの終わりを告げる綺麗な花火が、遠くの方で聞こえた気がした。

その日を、柄にもなく楽しみにしていた。

女性用のドレスが並ぶカタログをこっそりと眺めて、青と金があしらわれた生地に印をつけていく。

女性の装飾品や衣類に興味のなかった自分が時々カタログを見て注文するようになったのは、彼女と婚約してからだ。一番初めにあげたアクセサリーは髪飾りだった。

ほかの貴族よりも一際大きい、学園側から与えられた部屋にはたくさんの雑誌が散らばっている。

この学園のダンスパーティーでは、愛する人に自分の色をプレゼントしてパーティーで身に着けてもらう慣習がある。髪の色、瞳の色、どちらでもいい。己を示す色を相手に纏わせて周りの男を牽制するためだ。

俺の色を纏うベルを想像するだけで、胸に喜びが溢れた。

しかも最近は、ようやくベルが自分を婚約者として意識してくれている気がして浮かれずにはいられない。

今まで悲しいくらい何の反応もなかったのに、最近はよく赤面するし狼狽えるしその姿がまた可愛すぎてたまに暴走しかける。

あれが恋愛的な意味を持っていないものだとしたら逆に危険だ。小悪魔すぎる。囲っておかないと気が気でない。

ただ、義姉上と接触させたのだけは失敗だった。もっとベルの周辺に気を配っておくべきだった。義姉上は継母——現王妃を彷彿とさせるからあまり関わりたくない。

彼女は次期王妃とされるだけあって、頭がいい。それは、単純な学力だけでなく策略面でもそうである。かつて俺を王宮で孤立させた兄上に、さらなる口添えしたのも彼女だった。現王妃もそうであったが、義姉上は王妃より狡猾で悪質だ。人を取り込むことも、心を折ることもとにかく上手い。最悪である。

しかしすぐに記憶に蓋をして、義姉上のことを考えるのはやめた。そんな無駄な時間を過ごすくらいなら今日一日のベルを思い出した方が数千倍も有意義だ。

「まぁ、でも」

——ベルが俺に好意を抱くことくらい、想定内だ。

当然のことだ。俺がどれだけベルを観察したと思っている。

彼女の好きな食べ物から好きな色、好きな物語も好きな異性のタイプまで知っている。

ちゃんとお礼を言う人。物を粗末に扱わない人。他人に優しくできる人。自分のやるべきことをきちんとこなす人。

端的に言えば誠実な人がベルの好みだった。男らしくちょっと強引に引っ張るところもあればなおよし。

だから、演じた。干渉しすぎない完璧な婚約者。誰にでも優しい王子様。猫を被ることはさして苦痛ではないし板についているとも思う。

親友と言われた頃からすれば、ものすごい進歩だ。予想通りに事は進んでいる。

なのに、一つだけ、大誤算が起きた。

この仮面を被って好かれたくせに——俺は自身の道化をやめたくてたまらなくなってしまった。

それは、本当の俺じゃないんだ、と叫びたくなる。

俺は、生徒会長だなんて面倒な仕事、本当はしたくない。生徒に好かれるよう、常に笑顔でいたりしない。具合の悪そうな義姉上なんて放っておくし、クラスの男と話して、仲がいいのはいいことだよ、なんて言いたくもない。

まるで正反対の人間ばかり演じていると、どんどん自分との差に苦しくなる。ベルがそこに惚れているのだから、なおさら。

「やっぱり、失敗したかも」

ニコニコ笑う仮面の下に執着にも近い感情を隠していたら、失望されないだろうか。

ベルに気に入られているアスワドも、友人のアリアも本当はベルと仲良くさせるのは許しがたかった。だからわざわざ、二人には忠告をしに行ったし、生徒会にも引き込んだ。できるだけ側で監視していたかったから。

　君が見ているのは、俺であって俺ではない。化けの皮を剝いだら誰も知らない俺がいる。誰とも話さないで俺の側にいて、俺だけを愛して、なんて女々しくて笑ってしまう。

　それでも、

『もう少し、一緒にいてもいいですか』

なんて言ってくれるから。

「……大好き」

愛しさが溢れて止まらなくなりそうだ。

　ダンスパーティー当日は、生徒会長として指揮を執るため、ベルを迎えには行けなかった。早く彼女の着飾った姿が見たかったのに。

「ディラン様、こちらは終わりました」

「俺もだ」

　シュヴァルツとグラディウスの確認に軽く頷いた後、いつもうるさいシエルが喚き出す。

「んもう！　僕もそろそろ用意したいんですけど！」

「いや、お前は今日、女役じゃないぞ？」

「ふふん！　アスワドは知らないだろうから教えてあげるけど、僕、シュヴァルツ様と組むんだぁ」

「は」

　はあああ⁉　とアスワドの驚いた声がホールに大きく響いた。

「え、おま、え⁉　シュヴァルツ様それでいいんですか⁉」

「まぁ、どっかの知らない令嬢と踊って変に噂になるより、後腐れないコイツが適任だとな」

「そういう問題ですか⁉　後腐れないって！　殿下も何か言ってくださいよ！」

「シュヴァルツがいいならいいんじゃないかな？」

「もう！」

　アスワドは焦れたように悶えているが、シュヴァルツが誰と踊ろうが、俺にとってはどうでもいいことだ。

　しばらくして、グラディウスのパートナーであるハルナとドレスに着替えたシエルが現れた。

「シュヴァルツ様のお色にしてみました！　黒と赤なんてとびっきりセクシーでしょ？」

「すまん、それはちょっと気持ち悪い」

「ひどくないですか⁉」

シュヴァルツが嫌そうな顔をして言うと、シエルが甲高い声で抗議する。

「あ、こんなところにいた！」

次に到着したのはアリアだった。しかし、その隣にベルの姿はない。

アリアの耳にはアスワドの瞳と同じ色のピアスが輝いていた。アスワドのさりげない気づかいに、ベルに自分の色のドレスをプレゼントしたのはあからさまだったかと少し後悔した。もうちょっと余裕を持ったプレゼントをした方が無難だったか。

人がかなり集まってきたので、ひとまず生徒会長として挨拶することにした。

「……ベルティーア様が来ないな」

アスワドが心配したようにポツリと呟く。生徒会の面々もみんな首を傾げた。

「ベルティーア様は、遅れるようなタイプには見えませんが……」

「大方支度に時間がかかっているのでしょうね。今日はとっても張り切っていたもの」

シュヴァルツの言葉にアリアがすんなりと答えた。それに俺はほっとしたが、待てどもベルは現れない。

嫌な予感が脳裏を過ったが、すぐに悪い方向に考えるのは俺の悪い癖だ。ベルは、きっと来てくれる。

　そうだ。ベルを迎えに行こう。

　ホールで踊っていたシュヴァルツに席を外すことを告げ、群がってくる令嬢を笑顔でかわして出口へ向かおうとしたその時。

「ディラン様」

　数多の令嬢たちより一際目立つその女は、ホールの出入り口の前に立ち、優雅に微笑む。

　あぁ、面倒な女に声をかけられてしまった。

「どうかしましたか？　義姉上」

「いえ、どうやらお席を外されるご様子だったので気になって。あら？　ベルティーア様は？」

「……少し遅れているようです」

　誤魔化すように目を眇めれば、義姉上も食えない笑みを浮かべた。その時、彼女の首にサファイアのネックレスがあることに気が付いた。しかも金色のチェーン。とても嫌な予感がする。

「ベルティーア様ならさっき見ましたわ」

「……え？」

「ほかの男性と楽しそうに談笑していましたけれど……」

「それはないと思います。ベルは私のパートナーですから」

「そうですか？　ではわたくしの見間違いですわね」

あっさりと引いた義姉上に眉を寄せた。

「夜空色のドレスと……揃いの靴でしたのでディラン様のお色かなと思いましたのに」

困ったように笑った義姉上にうっかり驚いた顔を見せてしまった。

それは、確かに俺がベルに贈ったドレスである。

「アイスグレーの巻き髪と言えばベルティーア様だと思ったのですが、違いましたか？」

「……ベルは、そんな不誠実なことしません」

「ですが、彼女が眼鏡の男性と一緒に寮へ帰っていくのを見ましたよ」

「そんな、はずは」

眼鏡と言われ思い出したのは、魔法研究者であるラプラス・ブアメードである。まさか、この前教室で話していたのは今日のことか……？　頭に過った可能性を瞬時に掻き消す。何を考えているんだ、ベルがそんなことするはずがない。

「では、なぜベルティーア様はいらっしゃらないのです？」

うっすらと微笑む義姉上の言葉が、不安な心を抉った。ぽつり、と溢された黒いインクはたちまち広がって脳を犯す。二人が話していると聞いた時に抑え込んだどす黒い感情を今ここで掘り返されるとは思っていなかった。

「ディラン様、わたくしと踊りましょう？」

天使のような笑みを浮かべて、俺を唆す悪魔。知らず詰めていた息を吐いて、まっすぐに目の前の彼女を見る。この女は、こういうやり方をする。昔から知っていたことだ。

「私はベルと踊る約束をしています。義姉上とは踊りませんよ」

「あらあら、残念だわ」

義姉上は長い睫毛を伏せ、そして邪悪に笑った。

「ベルティーア様は、貴女を愛していないそうよ」

「それは、貴女から聞くことじゃない」

「別に信じなくてもいいけれど、思い当たることはあるのじゃないかしら？」

そっと胸に彼女の手が触れた。それを振り払おうとして、止める。

周りに多くの生徒がいたからだ。相手はシャトレーゼ家の令嬢で、女性で、あの王太子の婚約者だ。この女、本当に立場を利用するのが上手い。

やんわりと腕を離そうとするが、彼女が退く気配はない。

俺に触るな。近づくな。

「義姉上、お戯れを。愛しい婚約者に誤解されてしまいます」

「そうかしら？　あちらもお楽しみならディラン様も許されるのではなくて？」

そっと囁く義姉上の腕輪が、耳障りな音を奏でた。

途端、頭に霧がかかったようにぼんやりとする。不快な感覚に目を細め、義姉上を見た。

「お可哀想なディラン様。陛下にも、ギル様にも実のお母様にも捨てられて」

いつもなら全く気にならない言葉が、棘となって心に突き刺さった。

「ついにベルティーア様にも捨てられるなんて、報われない可哀想な方ね」

憐れむように俺を見る義姉上を呆然と見つめた。

彼女の言うことなど信じるつもりがないのに、深く傷つく。

「貴方は化け物だから、愛されるはずがないもの」

彼女の腕輪が鳴った瞬間、ブツン、と脳裏で何かが弾けた。

ショックで打ちひしがれる俺の手を取り、義姉上はホールの真ん中に立つ。

まずい、と思った時にはもう遅い。

「わたくしと踊りましょう」

義姉上にしてはよく通る大きな声でそう言った。ホールに集まる、すべての生徒に聞こえるように。

「義姉上！　俺は……！」

俺の手を取って、腕の鈴を鳴らしながらにっこりと笑う。

その瞬間、体がなにかに乗っ取られたように自分の意思では動かなくなった。心が重くなって、ナイフで突き刺されたように痛い。

「まぁ、ミラ様と殿下が踊られるの？　素敵ね！」

「なんて美しいお二人だ。ホールの真ん中をお二人のためにあけよう！」

義姉上をリードするように足がステップを踏み、顔は勝手に笑みを作る。心は悲鳴を上げているのに表情も行動も違うなんて、心と体が乖離しているみたいだ。

「ごめんなさいね、ディラン様。貴方は精神は弱いのに魔力は強いから、きっと酷く苦しんでいるでしょう？　今は泣きたいほどお心が痛いのではなくて？」

「……ふざけ……るな」

「あら怖い。ベルティーア様の方が、もう少し手強かったわよ」

女はにやりと口元を歪め、鼻で嗤う。

義姉上と躍り終われば、体は自由になった。

解放されてから、すぐにバルコニーで一人になり、胸を押さえる。

信じられないほど、胸が痛い。心臓を縄で縛りつぶされるみたいに、苦しい。

「なんだ、これ……！」

魔力が体内で渦巻き、体の均衡を保とうと暴れ回る。やはり何かしらの術を掛けられたのは間違いないようだ。

ベルを迎えに行きたいのに、今会ったら、確実に彼女を傷つけてしまう。嫉妬と独占欲を抑えられない。汚い感情を無理やり抉り出されるみたいだ。

「痛った……」

服の胸元にシワができるほど握りしめ、苦痛を誤魔化した。

頭上が明るく照らされ顔を上げると、花火が色鮮やかに夜空を彩っている。パーティーが、もう終わろうとしている。本当なら、ベルと二人で見るはずだった花火。

「……ベル、どこにいるの？」

また胸が軋み、花火を見る余裕はなくなった。

一際大きな花火が打ち上がる。ベルはその日、結局俺の前には現れなかった。

第六章　救済

けたたましい目覚ましの音で目が覚めた。日はうっすらとのぼっており、今がもう朝であることに絶望する。

昨夜は、汚れたドレスのまま大泣きして泣き疲れて、だけどなんとかシャワーだけは浴びた。そう。多分そうだった。

登校するのが億劫で、再びベッドに倒れ込んだものの、休むわけにはいかない。どんな理由があれど、ディラン様との約束を破ったのは事実である。

ならば、彼に謝る方が先決だ。

なぜミラ様と踊っていたのか問い詰めたい気持ちはあるが、それは謝ってからでも遅くはない。なにより、私はいただいたドレスと靴を台無しにしてしまっている。

パーティー会場に行けなかった理由も言いづらいが、これも正直に伝えて謝らなければ。

使用人の青年の不注意がすべての原因だけれど、それを言い訳にするのはみっともない気がして私のプライドが許さなかった。

リィンと耳の奥で耳鳴りがして、二人が踊っている光景が脳裏によみがえる。思わず両手で耳を塞いだ。震えている手に気が付いて深く呼吸する。

雑念を振り払うように首を振って、身支度するべく大きな鏡の前に立った。

「ひどい顔ね」

泣いて腫れた顔を歪めて笑う自分を見て、乾いた声が漏れた。

隈のある目元を化粧で誤魔化して、一番お気に入りの髪飾りを着ける。

耳鳴りから意識をそらすように、自分を鼓舞して鏡に話しかけた。

「落ち着くのよ、ベルティーア。あなたは気高く美しいわ。大丈夫……ディラン様を信じるの」

いつもより濃いメイクと、強く巻いた髪を見つめて鏡に向かって微笑んだ。

頑張れ、私。

鏡の中のベルティーアは、不安げな瞳で私を見ていた。

学園の廊下を歩けば、不快な視線に晒された。ああ、酷く気分が悪い。

大方、ミラ様とディラン様が踊っていたことが噂にでもなっているのだろう。あれほど堂々とホールの真ん中で踊っていたら注目を集めるに決まっている。

変な憶測のせいでとんでもない噂になっていそうだが、実家のためにも下手な醜聞だけは避けなければならない。この学園が閉鎖的な環境で本当に助かった。

「そのようにお急ぎでどこへお行きになるの？」

耳鳴りのような鈴の音と、美しい声に後ろを振り向けば、銀色の髪を揺らしたミラ様がうっすらと微笑みを浮かべていた。

リィンリィンと鳴る音に、頭がぐらつくような痛みを覚える。

「……ディラン様のもとに」

「あら？　貴女は昨日ほかの殿方と一緒にいたのではなくて？」

「え？」

ミラ様の後ろには私に敵意を向ける生徒がずらりと並んでいた。従者を引き連れるように〝愛し子〟を侍らせている。

「わたくし、見ましたの！　ベルティーア様がほかの殿方と仲睦まじくお話ししているのを！」

ミラ様のすぐ後ろにいたご令嬢が前へ出て来て胸を張って断言する。が、そんな事実は全くない。

「なんのことをおっしゃっているのか見当もつきませんわ」

「いえ、僕も見ました。あれは確かにベルティーア様で……その、殿方と接吻を」

ミラ様の隣にいた男子生徒がそう言った瞬間、ざわっと一気に騒がしくなった。気が付けばたくさんの人が廊下にいて、まるで野次馬のようになっている。

——それよりも、この男子生徒の声。聞いたことがある気がする。そう、昨晩私にワインを掛けた使用人の声にそっくりなのだ。

苛立ちを押さえつけて私は一つ息を吐いた。

「昨日は少々体調が悪くて……部屋で安静にしていただけですわ。ディラン様以外の殿方と二人きりになるなんてあり得ません。嘘を仰るのもたいがいになさって」

目を細めて威圧するようにミラ様の隣にいる二人を睨めば、ぐっと言葉に詰まったように後ろに下がった。しかし、ミラ様の表情はまるで変わらない。ゆるりと頬を緩ませながら微笑を浮かべているだけである。

「そうですね。憶測で申し上げるのはよろしくないかもしれませんが……彼も、そう言っていますのよ」

ミラ様の視線が私の後ろに向けられるのにつられて、私もゆっくりと振り返った。私は目を見開く。

黒髪と、血を垂らしたような赤い瞳。人形のように動かない表情のまま、彼はそこに立っていた。

「――シュヴァルツ様」

なぜ、どうして、彼が。

ポツリと呟いた名前に、シュヴァルツが反応することはない。彼はゆるりと私を視界に収めて、皮肉げに微笑んだ。

「ええ、僕も見ましたよ。パーティー会場で、ベルティーア様がほかの男性といるところを」

さらりと当然のように嘘をついたシュヴァルツを、信じられない心地で見つめる。そんな馬鹿な。あり得ない。

シュヴァルツまでもが事実と違うことを言っている……一体どうして？

鈴の音が頭の中で反響する。今朝気合いを入れたはずの気持ちがしおしおと萎えていくのが手に取るように分かった。

「ベルティーア様、お分かりですか？　皆様こうまで仰っているのですから、言い逃れはできませんことよ」

ミラ様が妖しく微笑み、勝ちを確信したかのように瞳を歪める。

駄目だ。こんなところで傷ついている場合ではない。まずはディラン様に自分のしたことを謝らなければならない。嫌われようとも、蔑まれようとも、たとえこの捻じ曲がった噂を信じてしまっていたとしても、彼に、せめてもの誠意を。

「穢らわしい。殿下の婚約者だというのに」

「やはり王子妃など務まりませんわ」

「殿下も呆れているのではなくて？」

「一体どれだけの人に迷惑をかければ気が済むのでしょう」

「あまりにも愚かで、本当に貴族なのかも疑わしい」

誰も彼もが私を指差して嘲笑う。心が抉られて、苦しかった。

頭痛がひどくなり、立っているのもやっとだ。目がぐるぐる回って、頭が働かない。こんな、こんな辱しめを受けるとは思っていなかった。

「ちょっと！　これは何の騒ぎなの⁉」

暗闇に光が差すような声がする。アリアの、声だ。

ミラ様の眉がぴくりと動いたけれど、表情は笑顔のままだ。

「⁉　ベルッ！　なんで……っ！」

アリアが人混みを掻き分けて私の目の前に躍り出た。

「元平民が、口を出さないでくださる？」

ミラ様が冷たく言い放った瞬間、アリアが頭を押さえて苦しげに唸った。

「アリア⁉」

どうしたのかと近寄れば、彼女の肩に手を置く前にパンッと弾かれる。

何が起こったのか理解できなかった。

「触らないで！　王子を裏切ったくせに！」

前世でも一度も私を拒絶しなかった彼女が、私を罵倒した。衝撃に息を飲んだ瞬間に、彼女の後を追ってきたであろうアスワド様が慌てたようにアリアに駆け寄る。

「アリア！　大丈夫か！」

彼は、蹲って苦しむアリアを支えながら心配そうに顔を歪めたが、次の瞬間眉間にシワを寄せる。そして彼もまた、アリア同様堪えるようにこめかみを押さえ、唸りながら目を瞑った。

嚙みしめた唇から血が出ていたため、私は慌てて声をかけようとするも、鋭い眼光で睨まれる。

「アリアを傷つけたのはお前だな」

殺意を込めた目付きで私を睨むその姿に、最も信頼していた二人に拒絶されたその言葉に――。心がポキリと折れた。

本当はそんなことを言う二人じゃないのは分かっている。頭では理解しているのに心が追いつかない。

とうとうボロボロと涙を零して嗚咽する私を、それでも周囲は嘲笑った。

「――何をしている？」

よく通る、美しい声が響いた。

大好きな、優しい声だ。

モーゼの海割りのように人が彼に道を開けた。その中心では、優雅に立つミラ様と無様に座り込んで泣く私。

この人の前で、こんな情けない姿を晒したくはなかったのに。いつも、彼を支えられる人でありたかったのに。弱い私なんて知ってほしくなかったのに。

「ベルッ！」

心配そうな顔をして駆け寄ってくれるから。――味方でいてくれるから。

ディラン様がミラ様を押しのけて私の側に寄り、座り込む私の背を撫でた。

「ディラン様……助けて、ください」

縋るように助けを求めたその瞬間、私たちを囲んでいた生徒が、ドンッと異常な圧力と共に上から押しつぶされたように地面に倒れ込む。

私は感じないが、みんな苦しそうに地面に伏せていた。一体、何が起きているの……？

「う、ぐう……」

苦しそうな呻き声に顔を上げると、首を押さえて蹲るミラ様の姿があった。

今の一瞬で何が起きたのか理解が追いつかない私は、隣にいるディラン様を見て息を飲んだ。

ぼんやりと輝く青色の瞳。美しい金髪はふわふわと空中を漂っている。

魔法。全部、ディラン様の魔法だ。

「ベルを、泣かせたな」

照明がチカチカと点滅し、風が激しく窓を揺らす。重力に圧迫されるミラ様は苦しげに浅い呼吸を繰り返し、座り込みながらも私を睨みつけた。

それを見たディラン様は怒りに我を忘れたように呟く。

「お前ごときがベルを見るな」

その言葉と同時に、ミラ様は再び胸を押さえて蹲る。ミラ様の喉から漏れる空気の音に、ようやく止まっていた私の頭が回り始めた。

これは、ディラン様の魔力が暴走してしまっている……？

「ディラン様！」

慌てて名前を呼ぶと、彼はハッとしたように私の方を向いた。真っ暗だった瞳に、徐々に光が戻っていく。風が止み、抑えつける力も消えたのか、周囲の生徒は激しく咳き込んでいた。

「ディラン様……私は大丈夫ですから、そんなに怒らないでください」

感情の起伏に合わせて彼の魔力は暴走してしまう、とラプラスが言っていたことを思い出した。まさか、今ここで目のあたりにするとは思っていなかったけれど。

ディラン様は泣きそうな顔をして、私を抱きしめた。

「君が泣いているのを見たら……心臓が止まりそうだった」

今までずっと痛かった胸がじんわりと温かくなる。彼の体温に縋るように広い背中に腕を回し、力の限り抱きついた。

「……義姉上、ベルに何をしましたか」

ディラン様は幾分か冷静さを取り戻した様子でミラ様を問い質す。

ミラ様は何度か咳き込んだ後、酷く顔色を悪くして唇を震わせながら言った。

「ベルティーア様に、真実を問うただけですわ」

「ベルがほかの男といたという話ですか？」

ビクリと肩が揺れる。まさか、ディラン様もその噂を知っているの？

引っ込んだはずの涙が再び迫り上がってくる。ディラン様には聞かれたくなかった。

「ベル、パーティーの日、ほかの男といたの？」

私は必死に首を左右に振った。

「誓って、ほかの殿方といたことなどありません！」

「うん、分かっているよ。ベルは、そんなことしないもんね」

ディラン様が微笑み、そっと頭を撫でてくれた。

信じてもらえた嬉しさとその優しさに、恥も外聞もなく号泣してしまいそうだ。

「ですが、ディラン様。シュヴァルツ様も、目撃しているのです」

ミラ様は焦ったように言い募る。

ディラン様はシュヴァルツを一瞥してから、美しい瞳に翳りをのせ、いつもより低い声でゆっくりと話した。

「……シュヴァルツ、お前、嘘をついたな？」

無表情のままそこに立つシュヴァルツの表情は暗くて読めない。しかし、しばらくして耐えかねたように下を向いて小さく「申し訳ございません」と呟いた。その謝罪が何よりの答えである。

どうして、シュヴァルツは事実無根なことを言ったのだろう。ディラン様に仕えることを何より望んでいるのに、主の婚約者の私を貶めようとするなんて——これでは自分の首を絞めたも同然だ。

ディラン様の曇ってしまった瞳からは、かつて側近に向けていた信頼は感じられない。

「俺を失望させるな」

ディラン様が冷たく言い放つ。その様子に、ミラ様が不可解そうに眉を寄せた。

「……なぜ、そこまでベルティーア様を信じられるのです」

「なぜ？　愛しているからに決まっているじゃないですか」

当然のように放たれた言葉が脳内で反響する。

愛している？　私を？

ディラン様の顔を見つめると、彼はいつものように甘く微笑んだ。私の顔が熱を帯び、みるみるうちに赤くなる。

「……なぜ、なぜディラン様はベルティーア様を愛するの？」

「俺は、ベルが好きですよ。ずっと、昔から。人を好きになるのに理由などいりますか？」

私から告白するつもりだったのに、先を越されてしまった。顔が熱くて、手のひらで冷ますように頬を包む。

ディラン様は、たまたま婚約者になっただけの私を、ずっと好きでいてくれたの？　昔から……？

ということは、私が冗談だと思って一蹴した言葉も行動も、すべては私に思いを伝えるためのものだった……ってこと⁉　それなのに、私は。

『私たちは親友じゃないですか――』

彼の気持ちに気付かず、宙ぶらりんなまま放置して、なんて酷いことをしてしまったのだろう。思い返せば、あれもこれも、私を好きだという前提の行為だったとしたら……気付かなかった自分が恥ずかしすぎて、穴があったら入りたい。

「どうして、貴女ばっかり！」

突然、ミラ様が叫び、苦しそうに顔を歪めて頭を抱えた。彼女の口から血が零れ、様子がおかしいと瞬時に悟る。彼女の絶叫と共に、酷い耳鳴りに襲われた。この金切り声みたいな鈴の音を聞くと、頭が痛くなって、心が壊れそうになるのだ。

ディラン様は大丈夫なのかと心配になり、そっと隣を向くと、険しい顔をして顔を歪めていた。

「ベル、できるだけ耳を塞いで。俺はしばらく耳が聞こえなくなるけど、気にしないでね」

ディラン様が指を鳴らし、すぐに私を抱き上げた。

酷い頭痛に苛まれる中、視界の端でアリアとアスワド様が苦しんでいるのが見えた。二人も助けないと！

「アリアとアスワド様も……っ！」

そこまで言ってハッとする。ディラン様はさっき耳が聞こえなくなるって言っていた。どういう意味かよく分からないけれど、あの鈴みたいな音が聞こえると耳鳴りがしていたから、もしかしてそれを聞かないようにしているとか……。

　ミラ様は苦しそうに吐血し続けており、彼女の取り巻きも野次馬たちも明らかに目の焦点が合っていない。精神を犯されているとしか思えない光景だった。

　それでもミラ様が手を振り上げると、さっきまで伏していたはずの生徒たちが一斉に操り人形のように動き出す。

「ディラン様を逃がさないで！　捕まえるの！」

　ミラ様は胸を押さえ、血を吐き出しながら生徒たちに叫ぶ。

「俺にしっかり摑まって」

　ディラン様の首に手を回し、力を込めた途端、彼はものすごいスピードで走り出す。人間の出す速さではない。でも、意外と振り落とされるほどの衝撃はなく、ディラン様の腕にしっかりと支えられている。

　すごい。景色がどんどん変わっていく。

　そんな中でも、ディラン様は、私たちを捕まえようと襲いかかってくる生徒たちをなぎ倒していた。突然、強い風が吹いてきたり、地面から蔓が伸びてきたり。おそらくすべてディラン様の魔法だ。

「ベル！　目を瞑って！」

「ひっ！」

急に目の前に生徒が現れた。驚きに心臓が縮み上がる。ディラン様の言う通りに目を瞑ると、きつく抱きしめられた。

ドゴッと鈍い音がして目を開けると、真剣なディラン様の横顔が目に入る。

「まずいな……」

「え？　……あっ、いつの間に！」

私たちの周りをたくさんの生徒たちがぐるりと囲んでいた。みんなミラ様に操られているようで、目が虚ろで、ふらふらとゾンビみたいに歩いている。

ディラン様が立ち止まり、腕から私を下ろした。ディラン様に寄り添うと、腰に手を回され引き寄せられる。

パチリと火花が散る鋭い音がした。ディラン様が帯電したように光を放ち、瞳が妖しく煌めく。

「絶対に俺から離れないでね」

ディラン様がにこりと私に笑いかけた。途端、私たちを囲んでいた生徒が感電したように体を震わせてその場に倒れ込んだ。

「死んっ……」

「ちょっと痺れさせただけだから、大丈夫だよ」

倒れた生徒たちを飛び越えて、ディラン様が私の手を引いて走る。中庭を抜け、特別棟に入った。

「ここならしばらくは見つからないと思う」

「ディラン様、その、もう耳は聞こえますか？」

私が尋ねると、ディラン様は頷いた。ほっと胸を撫で下ろす。

「どうやって耳を聞こえなくしたんですか……？」

「魔法で鼓膜を破っただけだよ」

「鼓膜を⁉」

「俺ならすぐ治るから、大丈夫」

「大丈夫じゃありません！」

私の大声に、ディラン様がビクリと肩を揺らした。驚いたように私を見る。

「そんな、自分を傷つけるようなこと」

「こんなのすぐ治るからそんなに心配しなくても……」

ディラン様が戸惑ったように目を泳がせる。すぐ治るとか、そういう問題じゃない。ディラン様に痛みや苦しみを感じてほしくないのだ。

「痛かったでしょう？　そんな思いをしてまで……私を助けてくださってありがとうございます」

ディラン様は瞠目して、そして愛おしげに目を細めた。頭を撫で、私の額に軽く口付ける。突然のことに一瞬あ然とし、私は顔を朱に染めた。

「俺を心配してくれたんだね。ありがとう、ベル。でも俺の痛みなんて、本当に大したことないんだよ」

「そんなこと……」

「さっきはよく一人で頑張ったね」

よしよし、と背中を撫でられ、胸に何かがこみ上げる。引っ込めたはずの涙が再び溢れてきた。

あまりの出来事に忘れていたけど、私、ディラン様に謝るために頑張って登校してきたんじゃない。ディラン様に、謝らないと。

「ごめんなさい、ディラン様。私、パーティーに行けなくて……」

「そんなこと気にしないで。何か事情があったんでしょ？」

ディラン様は相変わらず優しく訊いてくれた。私はこくこくと何度も何度も頷いて必死に溢れる涙を拭う。

「ディラン様……あの噂は、事実無根です」

「うん、分かっているよ」

「……分かってないです」

私は拗ねたようにそう言って、自分の目元を制服の袖に押しつけた。

「ディラン様、優しいですから。私がパーティーに行けなくて、とっても傷つけたと思っています」

彼は決して私を責めないだろう。でも、彼を傷つけた事実は変わらない。ミラ様と踊っていたことは確かにショックだったけれど、そもそも私がパーティーに遅れて行ったことが原因なのだ。

私を待つ間、ディラン様だって心細い思いをしたに違いない。彼は勝手にパーティーを欠席した私に怒ってもいいのだ。

「それなのに――私を庇ってくれて、助けてくれてとても嬉しかったです。ありがとうございます」

「それを言うなら、俺もベルに謝らなくちゃならないことがある」

ディラン様から私に謝ること？

「本意でなかったとはいえ、義姉上と踊ってしまったんだ。ごめんね。操られたといえば言い訳がましいけど……。本当は、ベルと踊りたかったし、君を待ち続けていたかった」

一瞬、ズキンと心臓が痛む。ミラ様とディラン様が踊っていたところを思い出してしまったからだ。だけど、正直に話してくれたことが何よりも嬉しい。

「ご、ごめん。言わない方が良かった？」

「私、知っていました。ミラ様とディラン様が踊っていたの」

「え？　どうして……」

「パーティーの開始には支度が間に合わなくて遅れたんですけど、実は会場には行ったんです。そこで、お二人が踊っているところを見てしまいました。だけど私、会場に向かう途中で使用人の青年からワインをかけられてしまって……」

「は？」

「互いの不注意が原因の事故ですよ！」

ディラン様の低い声に、慌てて使用人を庇ってしまったが、彼の怒りは静まらないようで目が据わってしまっている。

「ディラン様、落ち着いてください！　さすがにドレスを汚した状態で会場に入るのは……と躊躇ってしまって」

ようやく事情を伝えることができた。しかし、ディラン様はすぐさま顔を悲しみに染めた。

「辛かったよね。助けてあげられなくて、ごめんね」

私の頬を壊れ物でも扱うかのように優しく撫で、今にも泣き出しそうな表情をする。

「いいんです。だって、一番助けてほしい時に、あなたが助けてくれたから」

私はディラン様を元気づけようと、精一杯の笑顔で応える。ディラン様の瞳が大きく見開かれた。

瞬間、腕を引かれ顔が近づく。サファイアの瞳に、私が映った。

「んぅ⁉」

唇の柔らかい感触に、驚きの声が出る。

突然のことに目を瞑ることもできなかった私の視界に、余裕のない表情で私を見つめるディラン様がいた。なすがままにさらに深く口付けられる。

これって……キ、キキ、キス⁉　ま、まだ告白もできていないのに！

恥ずかしさに、ディラン様から離れようと彼の肩を押すが、抱きしめられて身動きが取れない。頬に添えられていたはずの手のひらも、今は首に回ってしっかりと固定されている。

し、心臓がもたないんですけど……！

「ん、ふぁっ、ディラン、さま……」

「ベル、ベル。好きだよ」

息ができなくてなんとか顔をそらすも、すぐに顎を持ち上げられて角度を変えては、キスをされる。合間に囁かれる甘い言葉に体が溶けてしまいそうだ。

あぁ、だんだんと頭がぼうっとしてきた。

「ぁ……ベル⁉」

やっと唇が解放された時には息も絶え絶えで、荒く呼吸を繰り返す。酸欠で苦しそうな私に、ディラン様が焦ったように謝る。

「苦しかった？　ごめんね、我慢できなくって……」

「もう。次からは手加減してくださいね！」

照れ隠しに、ディラン様から視線をそらしながら言う。すると彼は「え？」と意外そうな声を上げた。

「俺とキスするの、嫌じゃないの？」

不安げな彼の顔を見て、自分の気持ちをまだ彼に伝えていないことに気が付いた。今が告白のタイミングだと確信する。

「ディラン様は……言ってくれましたよね」

恥ずかしいけれど、私はディラン様を正面からまっすぐ見つめた。思いを伝えるときは必ず彼の目を見て言うと決めていた。

「……私を……あ、あ、あ」

いざとなると、途端に言葉に詰まる。

しかし、羞恥を吹き飛ばすように、思い切り声を出した。

「愛していると‼　しかも、先ほどは公衆の面前で好きだって……！」

「うん。言ったけど……」

それがどうかしたの？　とディラン様は首を傾げる。

好きだと伝えることが、こんなに難しいとは思っていなかった。緊張と恥ずかしさに心臓が早鐘を打っている。口を開いても、なかなか言葉が出てこない。

言葉で伝えるのが難しければいっそのこと……。

私はぐいっと彼のシャツの襟を引っ張る。今度は、ちゃんと目を瞑って、私からディラン様にキスをした。

好き。あなたが大好き。

掠る程度のキスだったけれど、私の気持ちを思い切り込めた……つもりだ。

ディラン様は突然私にキスをされたことに驚き、言葉を失っている。

今までにないほど顔が熱かった。可愛く微笑みたいけれど、今の私にそんな余裕はない。彼の目を見つめるだけで精一杯だ。

「わ、私もっ、ディラン様を、あ、あい、愛しています！」

言えた……！

ディラン様は呆然としたまま、しばらくピクリとも動かなかった。

「えっと……それは俺が好きってこと？」

信じられない、とでも言いたげな声色に、私は何度も頷く。たくさん傷つけてしまったけれど、どうか私の思いを受け止めてほしい。

そう思った瞬間、ディラン様の目から涙がすっと零れた。

「え、ディラン様、泣いて……!?　もしかして告白が嫌だったとか……」

手を伸ばし指先で彼の目元を拭うが、涙は際限なく溢れてくる。

「やじゃ、ない」

「じゃあどうして泣いて……」

泣いているディラン様なんて初めて見た。心配そうに彼を見つめると、力強く抱きしめられる。

「顔、見ないで」

どうしてディラン様が泣いているのか全く分からない。

分からないけれど、宥めるように彼の背中をそっと摩った。次第に落ち着きを取り戻し、ディラン様は恥ずかしそうに笑った。

「かっこ悪いとこ見せちゃったね。嬉しくて、なんか色々感激しちゃった」

「——ごめんなさい。私が、今までディラン様の気持ちに向き合おうとしなかったから、こんな遠回りを……」

私が謝ると、彼は先ほどまで泣いていたのが嘘のように蠱惑的な笑みを浮かべた。急に別人のような表情をするものだから、驚いて彼を凝視してしまう。

「ディラン様？」

「甘いよ、ベル。俺の愛が、この程度のはずがない」

それは一体どういうこと？　と聞き返そうと思った時には、すでにディラン様はいつものようにとろけるような微笑を湛えていた。

「愛しているよ。愛しい俺のベルティーア」

そうして、どちらからともなく、自然と唇を重ねた。

私の気持ちが、ディラン様に通じた。もう私は仮初(かりそめ)の婚約者じゃない。

そう考えたら、彼と触(ふ)れ合(あ)うだけで体が燃えるように熱かった。唇が離れ、お互いの吐息(といき)が柔らかくかかる。

頬に添えられた手に、顔を擦(す)り寄せた。愛おしさが溢れて、壊れてしまいそう。


「──こんなところにいらしたのねぇ？」


けれど、その空気を破るようにゆっくりと絡(から)めとるかのような声が背後から聞こえた。

幸せに浸(ひた)りきっていた脳が、一瞬で冷める。

後ろを振り返るとミラ様が口(くち)の端(は)についた血を制服の袖で拭いながら、柔らかく微笑んでいた。怯(おび)える私を後ろに下がらせ、ディラン様が前に出る。

「……怖(こわ)い顔をしていらっしゃるわ、ディラン様」

「そうですか？　義姉上があまりにも酷いことをするものですから、胸を痛めているのです」

「胸を痛める？　貴方が？」

彼女は顔を歪めて鼻で笑った。

「魔法ばかり強くて、人間の感情など持たないでしょう。貴方にとってはこの世のすべてが退屈なものに見えているでしょうね」

ミラ様の言い方にむっとしたものの、口出しはしなかった。当人であるディラン様が、反論することなく黙って彼女の言葉を聞いていたから。

ミラ様はディラン様の反応がないことに腹を立てたのか、怒りに顔を歪ませながら呪いの言葉を吐き捨てた。

「ギル様はどうして貴方みたいな化け物と張り合おうとするのかしら！　わたくしの方が、何倍も！　ギル様のために尽くしているというのに！」

ディラン様が化け物……？　そんなわけないでしょう。

楽しい時は笑うし、悲しい時は困ったように眉尻を下げる。泣くことだって、怒ることだってある。むやみに魔法を使ったりしない。彼は、優しくて素敵な人だ。

黙って何も言い返さないディラン様を見上げてから、私は睨みつけるようにミラ様を見た。彼女に対する恐怖は不思議と沸いてこなかった。

私を守ってくれるディラン様の前に、今度は私が彼を守るように立ちふさがる。

「ミラ様、先ほどのお言葉、訂正してください」

「……どの言葉かしら？」

「ディラン様に感情がないとか、化け物と罵ったことです！」

ミラ様の眉がピクリと動き、不愉快さをあらわにする。そんな不機嫌そうな顔されたって、怯んだりしない。

「ディラン様に酷いことをするなら、私が許しません」

宣言した途端、後ろから抱きしめられた。強く私を抱くディラン様は、やはりミラ様の言葉に傷ついていたのだろう。

「ディラン様、大丈夫ですか？」

そっと労わるように彼の頬を両手で包む。

「……ありがとう、ベル」

「え⁉　お礼を言うべきなのは私ですよ！」

私を守ろうとしてくれたディラン様にこそ、私は感謝しなくてはならない。ディラン様が側にいてくれるから、私は強くいられる。

「どうして――」

リインと一際大きい鈴の音が鳴った。

ディラン様が私を抱き寄せて私の耳を塞ぐ。

ミラ様は亡霊のように立っていた。

「わたくしだって！　わたくしだって、ギル様のために生きてきたのに。報われない恋だって我慢してきたのに。同じ王族の婚約者なのに、どうして貴女はギル様に興味を持たれ、ディラン様にまで愛されるのよ！」

血を吐きながら叫ぶミラ様に呼応するように、四方八方から生徒が飛びかかってきた。

「っ！」

こんな大人数、ディラン様でも厳しいのでは、と思った途端、ディラン様が指を鳴らす。それだけでみんな気絶して倒れ込んだ。

ディラン様は淡々と、指を鳴らして魔法を放つ。次々に倒れていく生徒たちを私は呆然と眺めていた。

「義姉上、もうおやめください」

立つ力もなくなったミラ様は脱力したようによろよろと座り込む。

「貴女がどんなに努力しようと、兄上の関心は貴女には向かない。それは仕方がないことですよ。貴女のせいじゃない」

「なっ……！」

顔を真っ赤にして言い返そうとしたミラ様は、ディラン様の顔を見て表情を凍らせた。

「怒るのはいいんですよ。暴れるのも構いません。でも、ベルを傷つけましたよね。……

それはいけませんよ」

まっすぐにミラ様を見たまま、ディラン様はゆっくりと彼女に歩み寄る。座り込むミラ様に目線を合わせるようにして屈み、笑ってみせた。彼女に向けて指を鳴らそうとする仕草に、ミラ様は怯えたように喉の奥から短く悲鳴を上げる。

「待ってください！」

ディラン様とミラ様が、弾かれたように私の方を向く。

どうして止めたりしたんだろう。なにを言うかなんて考えてもいないのに。

でも、このままだとディラン様がミラ様を傷つけるような気がする。取り返しのつかないことをしてしまいそう。今止めないときっと後悔すると、私の直感が告げていた。

ディラン様の視線が痛い。こんなことを言えば、きっと怒られてしまうだろうけれど……。

「ディラン様、ミラ様を休ませてあげましょう」

「……休ませる？」

「こんなに血が出ています。お体が弱いのですし、お医者様に見てもらいませんか？」

「ベル、君が何をされたのか忘れたの？」

ディラン様が、ものすごく怒っている。笑顔を消して、彼は静かに私を見つめた。

絶対反対されるし、私の行動は甘いと思われるだろう。それでも、ディラン様に人を傷つけてほしくないし、私もミラ様の苦しむ姿を見たいわけじゃない。

それに少し、ミラ様の気持ちも、理解できてしまうから。

「分かっています。すごく傷つきましたし、アリアたちを操ったのは許せないです。でも、だからって危害を加える理由にはなりません。ミラ様も十分傷ついているご様子ですし……」

「あのね、義姉上はこの国の法律じゃ裁けないんだよ。彼女の罪は清算されない」

私のために言ってくれていることはよく分かっている。でも――。

「私、ミラ様の気持ちが少し分かるんです。だって、ディラン様とミラ様が話している時、踊っている時、私すごく――嫉妬したんです。苦しくて、悲しくて。きっとミラ様も、同じ気持ちだったのかな、って」

ミラ様がしたことは、他人事ではない。一歩間違えれば、私だってしてしまうかもしれないことなのだ。

ダンスパーティーの日、ディラン様とミラ様が踊っているのを見たとき、こみ上げてきた激情。ミラ様と比べるのは間違っているけれど、でも、彼女はこの感情をずっと感じていたのだと思う。

「分かったことを言わないで！」

ミラ様の大声に、肩を揺らす。やはり、彼女の逆鱗にも触れてしまった。

「すみません、ミラ様。でも」

「わたくしに同情して貴女はさぞ愉快でしょうね！　人の気持ちを分かった気になって、偽善を振りかざして優しい顔をして、見下してる！　お前に、わたくしの気持ちが分かって⁉　わたくしは、お前とは違う！　王太子の婚約者で、美しく完璧！　お前などわたくしの足元にも……」

バンッと爆発音がし、ミラ様の目の前の床が抉れた。それがディラン様の放った魔法だと理解するのに数秒を要した。

ディラン様は瞳孔の開いた昏い瞳をミラ様に向ける。

「……うるさい」

悪寒が、背筋を駆け上がる。ディラン様から放たれる威圧にミラ様は怯え、今にも気絶しそうだった。

ディラン様はしばらくミラ様を見下すようにした後、無表情のまま言った。

「義姉上、貴女は許されないことをしました。ですが、ベルは貴女を許してくださるようですよ」

ミラ様は口をパクパクとさせ、何事か喋ろうとしたが喉から空気が漏れる。

「シュヴァルツ。お前、いるんだろう。出てこい」

いつもより鋭くディラン様が側近を呼べば、シュヴァルツは顔を青ざめさせながら現れた。

「義姉上を王宮へ連れていって差し上げろ」

ディラン様は静かに命令を下す。その静かさが、彼の怒りを物語っているようで私は声をかけられなかった。

「……ディラン様」

能面のような無表情のシュヴァルツにしては珍しく、焦りを多分に含んだ声でディラン様を呼んだ。

「シュヴァルツ、聞こえなかったのか？」

「ちが、違います。その、私は……」

「安心しろ。俺はお前に期待などしていない」

ディラン様が張りつけたような微笑みを浮かべて言えば、シュヴァルツは酷く悲しそうな顔をした。

「申し訳、ありませんでした……。ミラ様を王宮へお連れいたします」

シュヴァルツの暗い声が響いた。

昔はあんなに仲良く遊んでいたのに。二人の冷めたような主従関係に、私は一抹の寂しさを感じたのだった。

ようやく周囲の喧騒が去って恐る恐るディラン様を見上げる。私が余計なことをしたから、怒っているだろうか。

しかし、ディラン様は微笑みを浮かべて、甘い言葉を囁いた。

「……ベル、好きだよ」

低く耳元で囁かれ、不意打ちに肩が跳ねる。

さっきまであんなことがあったのに、ディラン様はいつも通りの笑みで私を見ていた。その違和感に胸のざわつきを感じながら、私も同じ言葉を返す。

「私も好きです、よ」

ちらりとディラン様の方を見ると、ばっちり目が合う。

「あの……怒ってますか？」

「え？　どうして？」

「ディラン様を止めたので……。ディラン様は私を思って怒ってくれていたのに」

ディラン様は、私を安心させるように優しく笑った。しかし、その笑顔にもどこか陰りがある。

「ううん。ベルらしいな、って思ったよ。人を見捨てられない優しいところ、好きだから」

「ディラン様……」

ディラン様こそ、とっても優しい。

うっとりと見つめると、彼は私を抱きしめた。

「だから、ごめんね」

パチン、と指を鳴らす音がした瞬間、意識が遠くなる。暗闇に引き摺られるように、瞼が落ちていく。

「俺は、ベルを傷つけた人間を絶対許さないよ」

最後に聞こえたディラン様の声は、怒りに染まっていた。

幕間……愛憎

「シュヴァルツ、義姉上はちゃんと王宮にいるか？」

月が煌々と輝く空を見ながら、報告に戻ってきた側近に尋ねる。無表情で変わらないように見えるが、彼はいつもより緊張しているようだった。

「はい、ご命令通りに――ディラン様、この度は大変申し訳ありませんでした」

シュヴァルツは眼鏡の奥の瞳を地面に向けて、小さく謝罪し、そして暗い表情で膝をつく。

「何を謝っているんだ？」

「主であるディラン様を裏切り、ベルティーア様を貶めることに加担しました。到底、許されることではありません」

「なるほど、自分の意思でしたことだと認めるんだな？」

俺の声はどこまでも冷たくシュヴァルツを責め立てる。ベルを傷つけた奴を許すつもりなどない。

「……罰するのはまた今度にするとして、シュヴァルツ。これから俺が聞くことに正直に答えろ。嘘をつけば、お前を側近から外す」

感情の起伏があまりないシュヴァルツが動揺したように瞳を揺らし、肩を震わせる。

「罰ならばいくらでも受けます。ですが、ですがどうか貴方の側には置いてください。お願いします。なんでもします」

実際シュヴァルツの忠誠を疑ったことはない。ただ、俺にとってベルが最優先なだけ。ひとまずこいつがなぜこんな行動に出たのかを吐かせてから、あの女の制裁に行こう。

「なぜ、義姉上に手を貸した？」

「……ある男から、彼女に力を貸すよう命じられました」

「なぜその命令に従った？」

シュヴァルツは戸惑うような顔をしたものの、すぐに口を開く。

「……その男に、ディラン様を王にしてやると言われたからです」

「王？　俺はそんなものになりたいなどと、一度も言った覚えはないが」

「……ディラン様の願いではありません。私の、願いです」

シュヴァルツは瞳の奥に燃えるような激情を灯して、俺を見つめた。

「ディラン様。私は、ずっと王宮の人間が憎かった。貴方を陥れ、孤立させたあいつらを心の底から憎んでいました。ディラン様を傷つけるような人間がのうのうと生きている世界を、私は絶対に許さない」

シュヴァルツは声を震わせながら、それでも言葉を続ける。

「本当は、貴方に王になってほしいと、ずっとずっと思っていました。貴方はこの国で一番強く、尊い方です。私は貴方に、王になってもらいたい……！」

シュヴァルツは一心に俺を見つめ、懇願(こんがん)するような瞳を向ける。

こいつは、ここまで救えない奴だっただろうか。自分勝手な忠誠を俺に押しつけ、ベルまで巻き込むような。

「お前は一つ勘違(かんちが)いをしているようだな、シュヴァルツ」

俺の言葉にシュヴァルツは顔を歪(ゆが)めた。

「俺は国民なんてどうでもいいし、ベル以外がどうなろうと知ったことじゃない。そんな人間が作る国など、今以上の地獄(じごく)だぞ。そもそも、俺は王位につくことを全く望んでいないんだ。勝手なことをするな」

シュヴァルツは俺の表情を見て、自分がどれほど愚(おろ)かだったのか痛感したようだった。唇(くちびる)を震わせ、ショックを受けたように項垂(うなだ)れた。

「つまり、お前の下らない願望のせいで、ベルは傷ついたわけだな」

「……」

「話を戻そう。それで、その命令をしてきた男は誰なんだ」

　シュヴァルツは未だ魂が抜けたように呆然としていたが、問われた質問にははっきりと答える。

「……学園長です。この学校の」

「学園長？」

　予期せぬ人物に、顔をしかめる。

「どんな男だったか、覚えているのか」

「それが、どうしても霞がかかったように記憶が朧げで……。輪郭すら思い出せないんです」

「……なるほどね」

　シュヴァルツが嘘をついているとは思わなかった。彼の忠誠は押しつけがましいが絶対だ。それだけは言える。

　シュヴァルツは、申し訳ありません、と小さく呟いた。

「これは、私の憶測になりますが……。今回の黒幕――学園長の目的は、ディラン様だと思われます」

「なぜ」

「彼は、ディラン様に異様に執着していました」

俺に執着する理由なんて、この強大な魔力くらいしかない。膨大な魔力を狙うあたり、黒幕は魔力持ちだろうか。あの女が使っていた謎の術は、おそらく精神魔法だ。

精神魔法とは魔力持ちの中でも禁忌の術と呼ばれる黒魔法の一種である。かつてヴェルメリオ家の宿敵だったガルヴァーニ家が得意としていたとして国学史にも残っている。

この魔法は使用者の感情を糧にして威力が増す。そのため使いすぎると正気ではいられなくなり通常の生活が送れなくなる……とされている魔法だ。

攻撃系の魔法と違い、恨みや憎悪といった強い感情がないと魔法の効力はほとんどない。

ハイリスクローリターンかつ自分に跳ね返ってくる黒魔法であるため、自然消滅したと思われていたが……。

ミラ・シャトレーゼは、魔力持ちだった……？　まさか！　王太子の婚約者が王家の血族であるはずがない。もしそうだとしたら、婚約者候補の中から即行外されているはず。

では、魔力のない人間が魔法を扱っているということか？

可能性は、一つだけある。

――魔法道具を、使用すること。

魔力を持つ者のみが生み出せる、神器。それが魔法道具。俺も数々の魔法道具を生み出してきたが、本来魔法道具は作った本人にしか使えない場合が多い。

そんな御業を、学園長が生み出していたとしたら。

「……俺より優れた魔力持ちか」

――なるほど。事態は、想定していたよりずっと深刻みたいだ。

シュヴァルツからもうこれ以上聞き出すことはない。

「……承知しました。お気をつけて行ってらっしゃいませ」

「シュヴァルツ、今夜は王宮に泊まる。朝には帰る」

向かうは王宮。人間の闇が剝き出しになる場所である。

「義姉上には制裁を与えないと、ね」


王宮の端に位置する大きな塔。一番目立つ建物でありながら、それは牢獄とほぼ変わらない。ゆえに近づく者はほとんどいないだろう。

せめて最上階の眺めのいい部屋に案内しただけ、ありがたいと思ってほしい。

人一人が十分生活できるくらいには整えられた部屋の絨毯の上で、さっきまで血を吐いていた彼女は酷く怯えていた。

「俺は、とっても怒っているんです。分かっていますよね、義姉上？」

彼女は首を縦に振り、そして沈黙した。女神のごとき美貌はいまや見る影もなく、悲惨な面持ちである。

俺も罠にハマった一人ではあるが、それでもすべての元凶はこの女だ。ベルを貶め、泣かせた。

愛しいベルティーアの安寧を奪った責任を問うべきだ。

「俺の愛する婚約者を、貴女の身勝手な嫉妬によって傷つけた。万死に値します」

光を失うと、まるで深海のように冷たくなる瞳を彼女に向けた。

「俺は兄上をよく存じ上げていますが、愚かで、欲に負けるような人間を彼は必要としない。聡明さの欠片もない今の貴女を見た兄上は一体なんと仰るでしょうね」

呪いの言葉を吐く。今までピクリとも動かなかった義姉上が、急に俺の腕を掴んだ。

衰弱しているとは思えないほど強い力だった。

大きな瞳がさらに見開かれ、俺を見た。

「ギル様に、言わないで」

宝石のような目が光り、水面のように揺れる。溢れ出るように堪えきれなくなった涙が頬を伝った。彼女は力を失ったように蹲り泣き出す。

造形だけは、憎らしいほど美しい女だ。

これ以上責め立てても無意味だと諦め、彼女に向かって手を翳した。指を鳴らすように親指と人差し指を近づける。先ほどはベルに止められたが、今俺を止める人間はいない、はずだった。

「待て」

　息を切らしてその場に現れたのは、意外にも王太子——兄だった。

　俺は彼を見る。指先は、いつでも魔法を使えるようそのままで。

「お久しぶりです、兄上」

「ディラン、学園はどうした。勝手に外出をするなど許されないことだぞ」

「事件が発生したので、その処理のために仕方なく」

　優しく微笑むと、兄は眉間にシワを寄せ不機嫌そうな顔をして部屋に入ってきた。

「単刀直入に言おう。ミラの身柄を私に明け渡してくれ」

「驚いた。兄上も冗談を仰るんですね」

「学園で起きたことはグラディウスとハルナから聞いた。その上で言っている」

　あの二人は本来兄の従者で、学園では俺を監視している。俺は笑みを消して、目の前の兄を見た。

「——嫌ですよ」

　きっぱり断るも、兄は表情一つ変えない。

「ミラは、私の婚約者だ。彼女の不始末は私の責任でもある。それに、学園で使用したとされる力についても調べなくてはならない」

「それなら、多少心当たりがあります。俺は、原因とか別にどうでもいいんです。義姉上はベルを泣かせました。彼女には罪を償ってもらわないと気が収まりません」

「そこは私の面目を立ててくれと頼んでいる」

兄は扉の近くに立っているだけで、こちらに近づこうとはしなかった。

先ほどから口先だけで、義姉上を庇おうとも助けようともしない。

「義姉上と兄上が共犯ということはないですよね」

「誓ってそれはない。私は嘘は言わない」

静まり返る部屋で、義姉上の荒い息使いだけが響いている。

「念のために聞きますが、義姉上はまだ私の間合いにおります。助けなくてよろしいのですか？」

「――口がきける状態なら、問題ない」

あぁ、なるほど、と思わず笑った。

兄とまともに話したのは久しぶりだったが、随分と変わったものだ。

指をほどき、手を下ろした。兄は相変わらず生真面目そうな顔でこちらを見ているだけだった。

「それで？　兄上は私に何をくださるのでしょう？」

「なんでも。お前の願いをなんでも一つだけ、叶える」

「兄上にしては太っ腹ですね」

「お前を止める方法など分からんからな」

「では、貸し一つ、ということにしましょう」

兄は不思議そうな声で聞いた。

「今じゃなくていいのか」

「はい。欲しいものはもう手に入ったので。――貴方が自分の婚約者に下す制裁に、期待していますね」

にっこりと微笑み颯爽と部屋を去る俺を、兄は不気味そうに見ていた。

終章　愛する覚悟

空気を裂くようなけたたましい音で目が覚めた。慌てて枕元で鳴り響く時計を止める。背伸びしながら起き上がって、そこで首を傾げた。

私は、なぜ寝ている。

するとこれまでの記憶が怒濤のように襲ってきて、最後の場面を思い出す。ミラ様を助けてほしいとディラン様に懇願し、そしてそのまま気を失ったようだ。

なぜあのタイミングで気絶したのかはよく分からないが、一連の事件が私の夢でないことは確かである。

「で、結局どうなったの？」

思わず独り言が漏れる。ミラ様はどうなったのか、アリアたちは無事なのか、学園の生徒はどうしたのか何も分からない。大慌てで制服を着て部屋を飛び出した。

しかし、扉を開けてすぐに信じられない光景を目にする。

「ディラン様、どうしてここに？」

なんと、ディラン様が私の部屋の前で待っていた。

いつもと変わりなく、優しい笑顔で私を迎える。

「ベルが起きるまで待ってようと思って」

「もしかしてずっと……？　退屈じゃなかったですか？」

ディラン様はやっぱり優しい眼差しをしたまま、緩く首を振った。

「ううん。ベルを待っている時間はベルのことを考えられるから。問題ないよ」

叫び出したくなるのを堪える。彼がいっそう輝いて見えるのはおそらく幻覚ではない。

歯の浮くような台詞を自然と言える彼のそんなところも好きだ。

「待っていてくれて……ありがとうございます」

「俺が勝手にしたことだから気にしないで」

「あの、いろいろ伺いたいので……部屋にお入りになりますか」

ディラン様は爽やかに笑って、一つ頷いた。

お菓子と紅茶を出し定位置に座る。ディラン様はじっと私を見ていた。

「どうかされました？」

「こっちに来ないの？」

えっ、と驚きの声を上げた私は悪くないはずだ。ディラン様は私の反応を見て落ち込んだように俯き目を潤ませた。

窺うような上目遣いで私を見る。

「だめ？」

甘えたような声に私は心臓を抑えた。

確かにディラン様と思いが通じ合ったことはとっても嬉しいのだけれど……むしろ両想いになったからこそ距離が近いことに緊張してしまうというか。乙女心って複雑……。

甘え方が驚くほど上手だと感心しつつ、「だめじゃないですけど」と素直じゃない言葉が飛び出る。

ディラン様は嬉しそうに笑って自分から私のいるソファーに座った。

「結局ね、義姉上は兄上に任せることにした。次期王妃の身分は剥奪かなぁ。それで済めばいいけれど」

「そ、そうなんですか？」

妙に近い距離にドキドキしながら、そっと彼を見る。ディラン様は私の方を見つめていた。

目が合うとは思わず、視線をすぐにそらす。彼は気にした様子もなく続けた。

「もう学園では手に負えないから放り出すのが一番。あとは国が解決してくれるよ」

「そう、なんですね……。アリアやアズは」

「二人とも元気にしているよ。今は全学年休校中だから、今頃一緒にいるんじゃないかな？　操られていた生徒たちも、特に精神に異常はないけど、記憶の一部が改竄されていたみたい。不気味だねぇ」

恐ろしい台詞には似つかわしくないのんびりとした言い方だった。

「ベルは一番精神の被害が大きかったんだと思うよ。だってあれからずっと寝ていたから」

ディラン様はそっと私の頬に手を添えて、心配そうな面持ちで私を見つめる。綿菓子のように甘い瞳に耐えられなくなって、目を伏せた。

だけどディラン様の親指が唇をなぞり、背筋が震える。私の反応に、彼は喉の奥で笑った。

「そんなに緊張しないで。聞きたいことはそれだけ？」

「今のところは……。ちょっとすみません、ディラン様、少し離れていただけませんか！」

心臓が異常な速さで脈打っている。このまま死んでしまうのではないかと思うほどの速度だ。

ディラン様は寂しそうな顔をしたものの、案外あっさりと体を退けた。

「手は握っていていい？」

「は、はい」

恋人同士なんだし、これ以上拒否するのも……といっぱいいっぱいのまま素直に手を差し出す。すかさず手の甲にキスをされ、指を絡め恋人つなぎにされる。

緊張が解けぬ私とは裏腹に、ディラン様は手を見ながら握ったり開いたりしていた。

「そんなに手を見てどうしました？」

「いや、小さいなぁと思って」

ディラン様はふにゃりと相好を崩して幸せそうに微笑む。その表情が愛しいものを見つめる顔そのもので、私は気恥ずかしさから消えてしまいたいほどだった。

かつて、こんなに愛されたことはあっただろうか。一心に見つめられ、愛でられたことなどあっただろうか。

「好きです」

ポロリと、自然に口から本心が出た。

多幸感でいっぱいのディラン様を見ていたら、愛しさが溢れてしまう。

「大好きです、ディラン様。愛しています」

彼は大きく瞳を見開き、唇を震わせる。手を握っていない方の手で私の顔に触れようとしたが、迷った末に元の位置に戻した。

触れてくれても良かったのに。

ディラン様はまっすぐ私を見たまま、照れるような笑みを浮かべた。

「俺も、大好きだよ。愛している」

そのまま吸い寄せられるように顔を近づけ、目を閉じる。唇から伝わる彼の体温が体中を満たすようだった。

ディラン様はやっぱり抑えきれない、とでも言うかのように手を伸ばした。迷うその手を摑み、頰に押し当てる。彼は息を飲んだ。

「なんでそんなに可愛いの」

「可愛いですか？　私」

「最高に可愛い。世界一だよ」

また一つキスをして、彼は私を抱きしめた。目を閉じて、逞しい腕に体を預ける。ディラン様の腕の中はどんな場所よりも安心できた。

「両想いの方が臆病になるだなんて、知らなかったよ」

「昔から私が好きだって、言ってくれてましたよね」

「そうだよ。ずっと、ベルに片思いをしてた」

「……私、気付けなくて」

「うん。全然俺を見てくれなかったね」

意地悪そうにディラン様が私を見た。言葉に詰まり、小さく唸る。

「うぅ……」

「正直なところ、ベルはずっと俺のこと好きじゃなかったでしょ？」

「う……すみません。ディラン様はいつからその……私のこと好きだったんですか？」

聞きづらいことだが、すごく気になる。彼は一体いつから私を好きでいてくれたのだろう。

「うーん。いつだろう。でも、気になり出したのは早かったよ」

「お見合いの時ですかね……？」

「違うよ。俺が君を婚約者に選んだ本当の理由を言った日があるだろう。その後に、庭を案内してくれた。友達になりたいって熱弁されたことも鮮明に覚えている」

「恥ずかしいので忘れてください……」

顔を真っ赤にして言うと、彼は「いやだ」と素敵な笑顔で断った。

「初めてだったんだよね。俺の話を聞いて信じて、その上で俺のために行動してくれる人。こんなお人好しの人間が、この世にいたんだって。本当に驚いたんだ」

ディラン様は自分の言い方が悪かったと思ったのか、「きっかけの話だからね？　今はベルの性格も容姿も仕草も声も全部好きだよ！」と熱い告白をしてくれる。

一方、私は酷く驚いた。そんな些細なことだったのか、と思った。ちょっとやってみようと歩み寄ったあの一歩が、彼にとっては記憶に残るほどだったのだ。

「不思議ですね。私、全然意識してなかったです。そんな風に思われていることすら想像していませんでした」

「俺は、そういうベルの根っから優しいところが大好きなんだよ」

「もっとほかにアピールポイントがあったと思ったんですけどねぇ」

「へぇ、例えば？」

「王子妃教育を受けて気品が増したところとか……」

　今度はディラン様が驚いた表情をした。

「そこはあんまり気にしてないよ。ベルの雰囲気とか性格とか考え方とか、全部を含めて好きだから。気品とか考えたこともなかった」

「そ、そんなに褒められると照れちゃいますよ」

「そう？　本当のことだし、伝えられるなら伝えたいと思って」

　その言葉を聞いて、私もハッとした。この際、私も伝えたいことは伝えてしまおう。もらうばっかりじゃなくて、私も同じくらい愛したいから。

「私は、ディラン様の仕事をやり遂げるところが好きです。真面目で、意外とストイックで、完璧主義で、そんなところも素敵」

「ええ、そんなに堅いイメージ？」

「仕事になると堅いですよ。あと、寂しがりやで甘え上手なところも好きです」

「それ喜んでいいの？」

「褒めているんですよ。いつも何かに迷っているようだから、私が側にいることで少しでも心が軽くなってくれたらいいと思っています。いつでもお助けいたしますので」

そこまで言い終わって、目の前の彼を見る。思わず噴き出して笑った。

見たことがないほど顔が赤い。

「それは……あまりにも熱烈だよ、ベル。俺の愛の言葉が掻き消される」

「そうでしょうか。私はあなたに愛されることがとても幸せですが」

「うぅ」

ディラン様は参ったように私の肩に頭を預けて唸った。ぎゅうぎゅうと抱きしめてくるので、優しく抱きしめ返す。

「好き、大好きだよ、ベル」

「私も大好きです」

あぁ、私、すごく幸せだ。

体を離し、ディラン様の美しい顔を見ていると自然とその唇に目が行く。キスをするようになってから、こうして無性に触れたくなることが増えた。

おねだりしてみようかな。でも、はしたないと思われるかしら。

私の視線に気付いたディラン様が首を傾げる。

「俺の顔に何かついてる？」

「い、いえ、そういうわけじゃないです！」

キスをしてほしいなんて、恥ずかしくて言えない！

一人で悶々と葛藤する私を、ディラン様は楽しそうに眺めていた。

それからちょうど一か月して、生徒全員の回復が確認されてから学園生活は再開された。

それに伴い、生徒会の仕事も前と同じように行われることになった。ディラン様は変わらず一人で雑務をこなしていたようだが。

「ベルー！」

教室に入った途端、抱きついてきたのはアリアだった。突然の行為に教室中の生徒がギョッと目を剝くが当の本人は気にもせず涙目で私にしがみつく。

「ちょっとアリア、さすがに教室では抑えた方が……」

「だって、だって、だってぇ……」

涙声で梃子でも動こうとしないアリアを見て、アスワド様と目を合わせる。人目につかない場所に行こうと思い、生徒会室まで移動した。

「ちょっと、アリア泣きすぎよ」

「ごめんねぇ、ベル。私、早く謝ろうと思ったの。でも、王子がベルには休息が必要だなんて言うから。もう気が気じゃなくて……！」

アリアは言いながら泣き崩れた。感情が抑えられなくなったのか、声を我慢することもなくわんわん泣く。

アスワド様も神妙な面持ちで私の前に膝をつき、綺麗な土下座をした。えっ、と驚いたときにはもう頭を地面につけた後だった。さすが日本開発のゲーム。謝罪方法も和風だ。

「俺からも、謝罪申し上げたい。どんな理由があれ、ベルティーア様を傷つけてしまいました。騎士である俺が、一番守らねばならない時に何もできなかったのは本当に情けなく、申し訳なく思う」

アスワド様は私が言葉を発するまでぴくりとも動かなかった。私は慌てて顔を上げてくれと叫ぶ。すかさずアリアもアスワド様と一緒に膝をついた。

「二人とも、そんなに気に病まないで。私は見ての通りとても元気よ」

なぜかアリアには私が一か月ずっと体調が悪かったかのように伝わっているが、実際そんなことはない。事件から一週間で目が覚めたし、その後の回復は順調だった。

ディラン様は毎日のようにお見舞いに来てくれたけれど、アリアには私の体調が悪いからお見舞いには来ないように言っていたようだ。

「元気とか、そりゃ結果的に何もなくてよかったけど……！　でも、私はあなたの親友なのに」

「本当に申し訳ない」

延々と謝り続けそうな雰囲気の二人を無理やり立たせ、私は大丈夫だと繰り返す。

三回ほど同じやり取りをしてようやっとふっきることができたのか、アリアは弱々しい笑顔を見せてくれた。アスワド様は変わらず落ち込んだ表情だったが、彼の真面目で誠実な性格はやはり何度見ても好ましく思う。

「二人は体調大丈夫だったの？」

「ええ。起きて数日は情緒がめちゃくちゃだったけど、二人でなんとか乗り越えたわ」

「俺らもそこそこ後遺症が酷かったらしい」

「ほかの生徒は案外すぐ回復したと聞いたけれど……どうしてかしら？」

「うーん、予想だけれど、抵抗したからだと思うわ」

アリアが語ったのは、操られた時の話だった。多勢に無勢で糾弾される私を見たアリアは頭に血がのぼり、後先考えず突っ込んだらしい。そのまま、まんまと操られたわけだが、その時の記憶が若干残っているとか。

「鈴の音が聞こえて、目の前が真っ暗になったの。意識がなくなりそうだと思ったけど、ベルを助けなきゃって必死だったのよ。そしたら自分の口が全然意図しないことを話し出して！」

もうビックリ！　とアリアは目をまん丸にして驚いた表情を作った。

「しかもベルをいじめるみたいな言葉を言うじゃない？　もう自分が許せなくて、感情が暴れ回ったら酷い頭痛で、そのまま意識を失っちゃった」

「俺も似たような感じだ。ただ、自分が何を言ったのかは覚えていない。……面目ない」

「いいのよ、思い出してもお互い、いい思いはしないわ。この話はここまでにしましょう。謝るのも禁止よ。今は無事を喜びましょう」

私が微笑みかけると、二人は安堵したようにほっと息を吐いた。

生徒会室の真ん中で女神のような美貌をさらに輝かせていたのはシエルだ。

「あぁ、みんな無事でよかった……！　こうやって生徒会がまた始動したことが何より嬉しいよ！」

一人でずっとそんなことを叫んでいる。

最初はその輪に入っていたアリアとアズも、今や無視して各々仕事をしていた。シュヴァルツなど、一番最初に怒鳴りそうなものだが、今日は黙々と作業をしている。

シュヴァルツもしばらくは学校を休んでいたらしい。ガーゼだらけの顔を心配したものの、本人は一切事情を話すつもりはないようなので、みんなシュヴァルツに話しかけられずにいる。

「シエノワールは事件の最中何をしていたんだ？」

ディラン様は視線を上げることなく、そう聞いた。相変わらず器用なことをする。

「僕はその時期、実家に呼ばれて帰っていたんです！」

ちゃんと、外泊届は出していますよ！　とシエルは慌てたように付け加えた。ちらちらとシュヴァルツを見ていたから、また怒鳴られると思ったのだろうか。

しかし、シュヴァルツは何も言わず、淡々と自分の仕事をこなすだけだった。

気落ちしているようにも見えるシュヴァルツを心配していると、アリアに腕を引かれ部屋の隅まで連行される。

「ねぇ、ベル。ずっと気になっていたんだけど、もしかして王子と正式に恋人になったの？」

アリアから言われて、自分が彼女にまだ何も報告していなかったことに気付いた。

「ええ、そうなの！　アリアが相談に乗ってくれたおかげよ。でも、よく気付いたわね」

「分かるわよ。……王子のベルを見る目が怖すぎるもの……」

「怖い？　そうかしら……？」

ちらりとディラン様の方を見ると、ちょうど目が合って笑いかけられる。私も笑顔を浮かべた。

「イチャイチャするのは構わないけど、絶対に目移りなんかしちゃ駄目よ」

「そんなことしないわよ。私が一途なこと、知ってるでしょ？」

「もちろん分かってるわ。でもあれは……」

アリアはしばらく沈黙した後、私を見た。

「選択肢を間違えたら、即ゲームオーバーの鬼畜ルート」

「え？」

「バッドエンドじゃ済まされない、人生をかけた大恋愛ね……」

「そ、そんな危険な恋をしたつもりはないけれど」

アリアはずっと神妙な顔をして、ブツブツと呟いている。

「ほかの男なんか見たら、すぐに足なんてなくなっちゃうからね！　ゲームでもあそこまで闇堕ちしてなかったのに、どうやったらあんな執着されるわけ⁉」

「ええ……？」

アリアがヒートアップしたようにさらに言葉を重ねようとするが、彼女の肩に手が置かれたことで中断された。

「アリア嬢。仕事の最中だよ」

アリアは驚いた猫のように飛び上がった。

「で、殿下……」

「余計なことはあまり言わないでほしいんだけど」

「……私の考察、結構当たってますよね？」

ディラン様とアリアは互いに見つめ合う。二人の間で火花が散っているようにも見えるんだけれど、気のせいかな？

無表情でアリアを見ていたディラン様が、薄く微笑んだ。

「選択肢を間違えたら即ゲームオーバー、ね。なかなか的を射たたとえだと思ったよ」

背筋が凍るような感覚に襲われ、身震いした。アリアは完全に警戒した様子で、ディラン様を睨みつけている。

二人って仲悪かったっけ……。親友と恋人が不仲なのは心が痛い。

「ベルを傷つけたら絶対に許さないんだから！」

「俺がベルを悲しませるわけないだろう」

ディラン様がアリアを見る視線は氷のように冷たい。アリアも目を吊り上げてディラン様を睨んでいるし、これは一体どうしたらいいのだろう。

「アリア、殿下に失礼なことをしたらだめだ！」

そんなことを考えていたら今度はディラン様に噛みつくアリアを回収しにアスワド様が参入してきた。

「え、なになに、楽しいことでもしてるの⁉」

そこにシエルが加わって、一気に生徒会室が騒がしくなる。

しれっと席に戻ったディラン様と私がその輪から抜けたことで、アリアとアスワド様とシエルといういつものメンバーではしゃいでいた。

散らばった資料を集めようとした時、肩を叩かれた。見ると、ディラン様が資料の端にペンを走らせ、それを私に読むように渡してくる。

『生徒会の仕事が一通り終わったら、秘密基地に行こう』

勢いよく、ディラン様の方を見る。ディラン様は瞳を甘やかに溶かして、ふんわり微笑んだ。

生徒会室の仮眠室から外へつながるはずの扉の向こうには、ディラン様が作り出した魔法の空間が広がっている。
「いつ見ても、不思議ですね……。どこからでもつながっている空間だなんて」
「ベルが思っているほど万能な魔法ではないけれど、今のところ便利だね」
さっき入ってきたはずの扉はもう消えてしまっていた。この空間は、ディラン様が扉を作り出さない限り、どこからも出ることはできない。

「ベル、この前借りた汚れたドレスと靴のことなんだけど」

ディラン様の言葉に、私はハッとして彼を見た。ワインを零され、酷い状態だったドレスと靴は、ディラン様が持ち帰っていた。

私は、どれだけ汚れていても彼からもらったものは手元に置いておきたかったのだけれど……。

「一か八かだったけど、元に戻せたよ」

ディラン様が取り出したドレスは、ワインのシミなど一つもなく、美しい夜空の色をしていた。信じられなくて、震える手でドレスを受け取る。

新品同様の触り心地。濡れてべちゃべちゃになったドレスじゃない。

「うそ……こんな、綺麗に」

「魔法でできるか試してみた。失敗して、もっと酷い状態になるかと思ったけど、ベルがすごく悲しそうな顔してたから、どうにかして元に戻したくて」

ディラン様は「成功して良かったよ」と朗らかに笑っている。私は泣きそうで、隠すように顔をドレスに埋める。

もう、駄目かと思っていた。このドレスは一生着られないだろうと、諦めていたのに。

「着てもいいですか？」

「え、いいけど……ここで着替えるの？」

「ディラン様は少しの間、目を瞑っていてください」

ディラン様は素直に目を瞑った。

私は木の陰に隠れて、せっせと着替える。メイクもヘアセットも満足いくものではないけれど、彼からもらった贈り物を纏う私を見てほしい。

あなたが私に贈った物たちは、こんなに私を輝かせるんだって、知ってもらいたかった。

ディラン様の目の前に立って、彼を見上げる。

「目を、開けてください」

ディラン様がゆっくりと目を開き、驚いたように息を止めた。

「……綺麗だ」

ディラン様なら、きっとそう言ってくれると思っていた。私はできるだけ魅力的に微笑んで、精一杯可愛く見えるように彼を見つめる。

「ディラン様、大好きよ。……んっ」

そう言うと早急に口が塞がれた。首はがっちりと手で押さえられ、腰に腕を回される。

そのまま芝生の上に押し倒された。

「……このまま、ベルを閉じ込められたらいいのに」

いつもの甘い微笑みじゃない。ディラン様は時々、昏い瞳で私を見つめることがある。

アリアが怖いと言っていたのは、この表情のことではないだろうか。

でも、美しい瞳の奥に妖しい炎を灯した彼には不思議な魅力がある。

「私にキスをしてください。長い、キスがいい」

溶けるような、情熱的なキスを。

ディラン様の瞳から理性が消えた。あ、言いすぎたかも、と思ってももう遅い。

愛しい彼は、これでもかと熱烈なキスをしてくれた。

「あ、あの、ディラン様、もう……！」

「ベルからのおねだりだからね。君が望むなら何でも叶えてあげるよ」

ディラン様は未だ熱に浮かされたように恍惚とした表情をしていた。対して私は酸欠で文字通り息も絶え絶えである。

「お願いを聞いてくれて、ありがとうございます。大好きですよ」

胸の内から溢れる愛おしさに、自然と笑顔になる。

ディラン様は私の手のひらに頬を擦り寄せて目を細め、言った。

「俺も、君をどうしようもなく——愛してるよ」

おわり

あとがき

皆様、お久しぶりです。霜月です！

この度は本書を手に取っていただき、誠にありがとうございます。

幼少期を描いた一巻を経て、ようやっと大本命の学園編を書くことができました！

ベルとディランの仲がより深まり、さらにディランの闇も深く……という色々な事件が詰め込まれた一冊になりましたね。

私は書いててすごく楽しかったです！


それにしても、主人公のベルティーアは作者も驚くほどディランを愛してくれているようですね。幼少期の頃から知っているという姉心も持ち合わせているせいか、とにかくディランに甘い。

まぁ、彼女は幼い頃からディランをさんざん甘やかしていますが……。

あんなに甘やかすからディランがベルから離れられなくなっちゃったじゃないのー、と

思いながら書いておりました笑

ディランはそういうベルの優しいところに惚れているんでしょうけれど！

それと、今回登場した新キャラのアリアとアスワドがいますが、この二人は結構好きなキャラクターです。

アリアは物をハキハキと言うところが気に入っています。普段は余計なことしか言わないのに、落ち込んだときは核心を突いた言葉で励まし慰めてくれる……。男女ともに好感を持たれていそうです。

ちなみに彼女は前世でも可愛く、なんでもそつなくこなせる子でした。ただ気が強く、すぐに手が出るので男子からは怖がられていたようですが……。

そしてアスワド。ベルの推しですが、きっと私も『キミ奏』をしてたら彼を推します。

ディランもいいけど、真面目な努力家もいいよね～！　ということで。

彼も彼でアリアに対する愛が重いのですが本編ではあまり出せず……ちょっと悔しい。

山あり谷ありの第二巻でしたが、ここまでお付き合いくださり本当にありがとうございます。

それでは、また会う日まで！

霜月せつ

■ご意見、ご感想をお寄せください。
《ファンレターの宛先》
〒102-8177 東京都千代田区富士見2-13-3
株式会社KADOKAWA ビーズログ文庫編集部
霜月せつ 先生・御子柴リョウ 先生

●お問い合わせ
https://www.kadokawa.co.jp/（「お問い合わせ」へお進みください）
※内容によっては、お答えできない場合があります。
※サポートは日本国内のみとさせていただきます。
※Japanese text only

悪役令嬢は王子の本性（溺愛）を知らない 2

霜月せつ

2022年9月15日 初版発行

発行者	青柳昌行
発行	株式会社 KADOKAWA 〒102-8177 東京都千代田区富士見 2-13-3 （ナビダイヤル）0570-002-301
デザイン	Catany design
印刷所	凸版印刷株式会社
製本所	凸版印刷株式会社

■本書の無断複製（コピー、スキャン、デジタル化等）並びに無断複製物の譲渡および配信は、著作権法上での例外を除き禁じられています。また、本書を代行業者等の第三者に依頼して複製する行為は、たとえ個人や家庭内での利用であっても一切認められておりません。

■本書におけるサービスのご利用、プレゼントのご応募等に関連してお客様からご提供いただいた個人情報につきましては、弊社のプライバシーポリシー（URL:https://www.kadokawa.co.jp/）の定めるところにより、取り扱わせていただきます。

ISBN978-4-04-737162-0 C0193
©Setsu Shimotsuki 2022 Printed in Japan
定価はカバーに表示してあります。
◇◇◇

FLOS COMIC フロースコミック

悪役令嬢は王子の（溺愛）本性を知らない

The Villainess is Oblivious to the Prince's True (Doting) Nature

漫画 西賀スオミ

原作 ― 霜月せつ

キャラクター原案 ― 御子柴リョウ

大人気小説をコミカライズ!!!

2022年 9/16 fri 発売!!

俺は…

ベルさえいれば幸せだ――

なぜか溺愛（ヤンデレ）ルート!!?

KADOKAWA